小毛驢與我

Platero y yo

希梅內斯 ———著 黃新珍 ———譯

JUAN RAMÓN JIMÉNEZ

謹以此書懷念阿格迪雅（AGUEDILLA），
那位在太陽街上贈與我黑莓和康乃馨的可憐瘋女人。

目次

【導讀】純真年代的永恆友誼

陳小雀／淡江大學全球政治經濟學系教授
淡江大學國際事務副校長

人類與動物的關係十分密切，動物不僅是人類最早的衣食來源，並被當成役獸、馱獸，協助人類開創歷史。隨著歷史演進，人類在馴化動物過程中，與動物建立依存關係，進而產生信賴感，彼此彷彿親人般，因此誕生了「寵物」。毋庸置疑，動物對人類貢獻頗多，對人類文明影響深鉅。

在農業社會裡，驢的重要性不亞於馬，可拉磨、耕地、馱物、代步，古今中外流傳不少與驢有關的傳奇與神話，在文學作品裡亦不時瞥見牠的身影，例如，在塞萬提斯（**Miguel de Cervantes Saavedra，1547-1616**）的《唐吉訶德》（***El ingenioso hidalgo don Quijote de la Mancha***）裡，執盾人桑丘（***Sancho Panza***）即騎著一頭灰驢，與騎士唐吉訶德（**Quijote**）所騎的老馬形成強烈對比，這一馬一驢隨著主僕而不朽，四百餘年來深植讀者心中，並被具象化而走出小說。同樣不朽的，還有希梅內斯（**Juan Ramón Jiménez，1881-1958**）所塑造出來的一隻小毛驢，集馱獸、坐騎、夥伴、朋友與寵物為一身，或者，更貼切地說，牠是家人，以溫柔略帶俏皮的形象伴隨讀者百餘年，牢牢擄獲大人與孩童的心。

一九〇五年，希梅內斯因喪父之痛與受憂鬱症之苦，決定回到家鄉莫格爾（**Moguer**）養病。莫格爾是典型的安達魯西亞小鎮，有旖旎風光，也有悠久傳統。當希梅內斯再度回到童年世界時，喚起了真實經歷與真誠情感，於是突破浪漫主義與現代主義的寫作風格，以散文詩形式寫下《小毛驢與我》（***Platero y yo***），回味童年時光，藉以反思生活中的繁瑣議題，巧妙釋出希梅內斯的人生哲學。作品初版於一九一四年問世，共六十三章。爾後，希梅內斯再增加至一百三十八章，第二版於一九一七年定稿付梓。

正如書名標題，《小毛驢與我》以第一人稱為敘事者，描述敘事者與小毛驢之間的情誼，以四季為時間背景，從春天到夏天，再到秋天，最後進入冬天，情節隨年度節慶而高潮迭起，景色亦隨四季交替而丰采更迭。透過詩人的筆觸，安達魯西亞的一景一物、一花一草格外生動。書中交織著歡笑與淚水，凸顯生與死係一體兩面，希梅內斯以「喜悅和悲傷是並存的」為這部作品下了定義。

這隻小毛驢名為「小普」（**Platero**），其西班牙文原意係指「有銀灰色皮毛的驢子」，本書一開卷即如此描寫：「毛茸茸又軟呼呼」、「猶如美妙的銀鈴」、

「覆上月樣的銀白」。敘事者是個孤獨詩人，偶而被村裡的吉普賽小孩喚為瘋子，與小普相依為命。對敘事者而言，小普象徵純真、善良與無邪，即便農村生活看似平淡無奇，詩人敏感的心與動物明銳的眼開啟了讀者的視野，引領讀者一同漫遊安達魯西亞，禮讚生命中的平凡之美，體會生活中的簡單之美，並在平凡與簡單中覓得幸福，就像那個患了肺癆的小女孩，坐在小普的背上，消瘦垂死的臉龐露出燦爛笑容。

敘事者與小普之間深厚的情感令人動容，小普馱負的不是敘事者的軀殼，而是他的靈魂，伴他踏上謐靜之途。當小普被樹枝刺傷或遭水蛭侵入時，敘事者細心為牠治療；當敘事者向小普提到學校時，他相信小普會是個用功的好學生，卻又勸牠別上學，似乎暗諷學校的體罰制度；無論穿梭在城裡、抑或徜徉在山林，敘事者總是向小普描述童年往事，同時不禁感慨純真悄悄遠離，也不由憂傷記憶漸漸淡去……其實，小普是敘事者傾訴心事與宣洩情緒的對象，山光水色則是心靈港灣與靈感來源，思念、感傷、憂鬱隨文本傾瀉而下，在小普的陪伴下則湧現無窮的柔情。

我們非常了解彼此。我讓牠隨心所欲地遊走，而牠總是會把我帶到我想去的地方。

小普是一頭驢子，敘事者卻對小普的溫馴、忠誠與高貴等特質刻畫入微，藉此影射社會的不公與人類的無知，階級觀念根深柢固，不僅對弱勢族群缺乏同理心，對動物亦充滿偏見，動物被視為野蠻與粗俗的代名詞，甚至被貶為寓言故事中的「騙子英雄」。此外，敘事者以粗鄙的荷西神父對照淑女般的母驢，又批評西班牙皇家辭典的「驢學」註解。希梅內斯的主張，昭然若揭。在西班牙，以「驢」形容一個人，意指其行為舉止粗魯無禮，華語世界也有類似的用法。人類總是自以為是，囿限在刻板印象，《小毛驢與我》為讀者上了寶貴的一課：以童心邂逅宇宙的奧妙，以真心對待周遭的人、事、物。或許，惟有小孩、傻瓜及瘋子才會視田野花朵如璀燦寶石！

希梅內斯於一九五六年摘下諾貝爾文學獎，但《小毛驢與我》在此之前，早已成為西班牙與拉丁美洲西語國家最受歡迎的青少年讀物，對此，希梅內斯表示，《小毛驢與我》並非只為孩童而作，除了某些書不宜之外，他相信孩童可以讀大人的書。《小毛驢與我》字字珠璣，寓意萬千；不必諱言，純真孩童比世故大人更容易從字裡行間尋得喜樂的蹊徑，而遨遊其中。

作者小序

大家都以為《小毛驢與我》是我為孩子寫的，以為這是本兒童讀物。其實不是。閱讀出版社當時知道我正在寫這本書，要求我把其中最詩情畫意的篇章先給交給他們，當作給青少年的書系發表。於是我臨時改變原本的想法，寫下這篇序言：

「敬告讀這本書給孩子聽的人：在這本篇幅不長的書中，喜悅和傷悲是並存的，就像小普的那對耳朵一樣，是為了……我也不知道是為了誰寫的！……大概是為了那些會閱讀抒情創作的人吧……而現在要拿去給孩子看了，我不打算刪除任何內容，也不會增添。就是這樣！」

諾瓦利斯[1]說：「無論在何處，只要有孩童，就會有一個黃金年代。」而詩人心中繫念的就是這個黃金年代，猶如從天而降的精神之島，舒適自在的氛圍，使人

1 Novalis（1772~1801），德國浪漫主義詩人、作家、哲學家，代表作包括抒情詩《夜頌》（*Hymns to the Night*）。

強烈渴望停留在那裡，永遠不用離開。

優雅、清新又幸福的島嶼，孩童的黃金年代；我總能在你這裡找到我生命中悲傷的海洋；願你的微風為我帶來里拉琴的琴聲，高昂響亮，有時毫無意義，就像破曉時白色陽光下雲雀的顫鳴。

我從來沒有只為孩子們寫過什麼，將來也不會，因為我相信孩子可以讀大人讀的書，除了某些大家可想而知的書例外。當然，有些針對男性或女性的書籍也應排除在外。

1 小普

小普長得嬌小，毛茸茸又軟呼呼，外表柔軟得好似棉絮，像是沒有半根骨頭。唯有那對煤玉般晶亮的眼睛，才如兩隻燦黑甲蟲般堅硬。

我把牠解開，牠往草地走去，用牠的鼻子輕緩且溫柔地撫弄著粉紅、天藍、金黃色的小花……我柔聲喚牠「小普呢」，牠便會踏著愉快的步伐跑向我，彷彿在笑著，猶如美妙的銀鈴。

只要我餵的牠都吃。牠喜歡橘子，喜歡粒粒都是琥珀色的麝香葡萄，還喜歡泌著晶瑩剔透蜜液的紫色無花果。

牠有如小男孩、小女孩般可愛溫柔，卻又像磐石一樣健碩威武。星期天我騎著牠穿梭在村子邊緣的弄巷，那些衣著乾淨、慢悠悠的鄉下人都會停下來打量牠：

「鋼鑄的唷[2]……」

---

2 作者在此書多處使用安達魯西亞的口音書寫，例如此處原文（Tien' asero），因此加「唷」詮釋。後文有些字故意採用發音相近字取代或語尾加助詞，皆為用中文模擬口音。

沒錯，不單只是鋼，同時也覆上月樣的銀白。

2 白蝴蝶

夜幕降臨，已是一片朦朧，幽幽的紫。錦葵色又帶綠的縹緲光芒，在教堂塔樓後面徘徊，欲走還留。道路往上延伸，充滿了黑影、鐘聲、草香、歌聲、疲憊和渴望。突然，一個黝黑的人從堆滿煤炭袋的破屋子中冒出，向我們走來；他頭戴鴨舌帽，手持一根尖棒，手上香菸的火光一剎那映得他醜陋的臉閃爍紅光。小普嚇了一跳。

「載啥？」

「您請看吧……是些白蝴蝶……」

那個人想用鐵棒戳馱筐，我沒阻止他。我打開鞍囊，他一看，什麼也沒有。肥羊自由地、無憂無慮地邁起步伐，一毛稅也不用繳。

3 黃昏的遊戲

小普和我走進暮色中的村子，冷得發僵，穿過暗紫陰影的陋巷，巷底是已乾涸的河道。一些窮人家的孩子正假扮乞丐，玩著互相嚇唬的遊戲。有一個把麻袋套在頭上，另一個說自己看不見，還有一個拐著腳走……

然後他們又忽然換了別的花樣——孩子總是變化多端，就因為他們還有鞋子衣服可穿，能吃到他們的母親不知道用什麼辦法弄到的一點食物，便以為自己是王子了。

「偶阿爸由一支銀錶。」

「偶拔由匹馬。」

「偶拔由獵槍。」

在黎明喚醒人的錶，殺不死飢餓的槍，邁向貧窮的馬……

接著他們圍成一圈。茫茫的黑暗中，一個口音不一樣的外地女孩，鄰居「綠鳥」的姪女，用她細弱歌聲——有如黑暗中一縷波光蕩漾的水晶——姿態像個公主般悠揚地唱起歌：

「我是奧雷ㄟㄟ——伯爵ㄝㄝ——的小寡婦ㄨㄨ——呀……」

好吧好吧！就唱吧，就作夢吧，窮人家的孩子！你們的青春期就如曙光即將來臨，春天會戴上冬天的面具，假扮成乞丐嚇唬你們。

「走嘍！小普。」

4 日蝕

我們不經意地把手插進口袋，感覺涼爽的陰影輕輕撫上前額，有如走進了一片濃密的松林。母雞一隻接一隻回到雞舍的棲架。四周，碧綠的田野整片暗了下來，彷佛罩上主祭壇的紫色聖布。遠處的海變成一片白色，稀疏的星星閃爍著淡淡微光。

屋頂的白光交替變化！我們站在屋頂上，有人妙語如珠，也有人語無倫次地互相高聲打趣，在日蝕短暫的寂靜裡，顯得既渺小又幽暗。

觀察太陽的工具什麼都有：雙筒觀劇鏡、長焦望遠鏡、瓶子、燻黑的玻璃；觀看的人到處都是：從凸窗、畜欄的台階、穀倉的氣窗，或透過院子大門柵欄間的殷紅和藍色玻璃……。

太陽前一刻還以千變萬化的金色光芒，使萬物顯得兩倍、三倍、百倍地宏偉美好，此時潛藏起來，少了漫長黃昏的過渡，使一切顯得那麼孤單可憐，彷佛先從金換成銀，又從銀換成黃銅。

小鎮就像一枚發霉的五分錢硬幣，小到毫無價值。街道、廣場、塔樓、山間小路都變得多麼淒涼又多麼渺小！

廄欄裡的小普看起來似乎不像真的，變得不一樣了，縮小了；成了另一隻毛驢……

5 寒意

巨大、渾圓又皎潔的明月伴隨著我們。睡意朦朧的草地上，隱約可見黑莓灌木叢中似乎是黑山羊，在我們路過時悄悄躲了起來……籬笆上方有株巨大的杏樹，皚皚雪白的杏花與月光交映成雲，繚繞在樹頂，遮護著被三月的星光刺傷的道路……濃烈的柳橙味……潮濕、寂然……女巫峽的羊腸小道……。

「小普，還真……真冷啊！」

小普不知道是因為牠自己的膽怯亦或是我的恐懼，急步縱入溪流，把月亮踏成碎片。水花就好像一叢剔透的水晶玫瑰，纏住牠的步伐，想要留住牠……

小普跑呀跑著上坡，聳著後臀，猶如有人在後面追趕一樣；牠也逐漸感受到，原本看似遙不可及，但卻漸漸接近的村莊，傳來的一絲暖意。

6 上學

小普，假如你跟別的孩子一起上學，你就會學會字母A、B、C，學會寫字的筆劃，你會像那隻蠟像毛驢一樣聰明——就是立在玻璃缸綠水中，閃耀著玫瑰色、肉色、金色的小美人魚蠟飾旁，那隻頭上戴著碎布做的花環的小毛驢。小普，你還會比巴羅斯鎮上的醫生和神父懂得更多。

但是，雖然你還不滿四歲，卻長得那麼高大，一點也不小巧！你能坐在哪張小椅子？要用哪張桌子寫字？什麼樣的筆記簿和筆才夠你用？你說在唱詩班你又要唱哪個部分呢？彌撒第三部《信經》嗎？

不行！多米蒂拉修女——就是那位和賣魚的雷耶斯一樣，身穿拿撒勒兄弟教派的深紫道袍，腰間繫黃繩的修女——她恐怕會罰你在有香蕉樹的院子角落裡跪兩個小時，也可能用長長的乾藤條打你手心，或者把你的點心榅桲凍[3]吃光，再不就拿

3 歐洲傳統甜點，榅桲或番薯加糖熬成泥後用洋菜凝固，吃的時候切片或切丁配起司。口感很像亞洲的羊羹。

張紙在你尾巴下面燒，把你的耳朵揪得又紅又燙，就像是莊稼人他兒子快下雨前的耳朵一樣。

不，小普，你別去！你還是跟著我。我來教你認花朵和星星。它們不會取笑你是大傻瓜，也不會給你戴寫著「驢子」的紙帽——那醜極了的帽子上畫有靛藍和赭紅滾邊的大眼睛，跟畫在河中貨船上的一樣；帽子上的一對巨耳，比你的耳朵還要大一倍。

7 瘋子

我身穿去喪禮穿的黑衣，頂著一臉奔放的鬍子，頭上又戴著窄邊黑帽，騎在小普柔軟的灰背上，我看起來大概很古怪。前往葡萄園的路上，穿過了最後幾條街道，石灰牆被陽光照耀得更白亮。一群吉普賽小孩皮膚油亮、披頭散髮，綠、紅、黃色的襤褸衣衫下露出了緊綳黝黑的肚皮。他們跟在我們身後奔跑，用拉長的聲音尖叫：

「瘋子！瘋子！瘋子！」

……前面是已經一片油綠的田野。眼前是遼闊無垠又純淨的天空，彷彿是湛藍色的火焰。我昂然張眼——耳邊的喧擾多麼遙遠——將無盡的地平線上所孕育的難以形容的安詳、那和諧而神聖的寧靜，收入眼底……

遠方高處的曬穀場那邊，還隱約傳來斷斷續續、上氣不接下氣又乏善可陳的尖銳喊叫聲：

「瘋……子！瘋……子！」

8
猶大

「別慌啊兄弟！你怎麼啦？安分點，我們走吧……那只不過是在槍斃猶大[4]而已呀，傻瓜。」

是啊，他們正在處決猶大。蒙都里奧吊了一個，另一個在中央街，還有一個在市府井。

我昨晚就看到了，因為夜晚的黑暗中看不見陽台上的吊索，猶大彷彿被一股神祕的力量架在空中，紋絲不動。

假人破舊的大禮帽、女裝袖子，面戴部長的面具，下身著裙撐，這種大雜燴般的組合在幽靜的星空下顯得怪誕詭奇。狗兒往往復復地對著假人吠叫，馬也懷著疑懼，不願從底下經過……

鐘發話了呀，小普，它說大祭壇上的帷幔已被撕開。我覺得村裡所有的槍一支

4　**La Fiesta del Judas, Quema de Judas** 或 **Manteo del Judas**是西班牙和拉丁美洲部分地區的典禮，通常在復活節前一天舉行，當地人會懸掛出賣耶穌的猶大假人或肖像，將其燒毀、槍擊或以其他方式虐待。

都沒有落下，全都射向猶大。火藥的味道甚至飄到我們這裡。又一槍！再一槍。

……不過在今天呢，小普，猶大是議員，是女教師或是法醫；是稅吏，又或是市長，是接生婆；在這神聖的週六早晨，村民們都變成了幼兒，懷著無濟於事的優越感，假藉這場荒誕的春季模仿儀式，把他們懦弱的獵槍趁機射向仇家。

9 無花果

霧濛濛又冷颼颼的黎明，正適合來些無花果。六點鐘，我們去里卡吃無花果。

巨大的百年老無花果樹，陰冷濃蔭下，灰色的樹幹盤虯，真像是裙子露出的豐腴大腿，在黑夜中昏昏欲睡；那些寬闊的葉——那是亞當和夏娃曾穿過的葉子——珍惜地捧托著朝露水珠織成的精美薄紗，使葉面的柔綠變得一片淡白。透過低垂的蓊鬱翠葉，看得見曙光將東方的無色紗幕一次又一次染得更加鮮明。

……我們瘋狂奔跑，看誰能最先跑遍每一棵無花果樹。蘿西約和我在喘不過氣、心如擂鼓的歡笑中拿到了第一片葉子。「你摸這裡，」她拉起我的手按在她的心口上，青春的胸口就像藏了一股小小的波浪般上下起伏。矮小又胖墩墩的阿黛拉幾乎跑不動，就站在遠處生氣。為了不讓小普覺得無聊，我摘了些熟透了的無花果，幫牠放在低矮的老葡萄藤上。

無花果仗是由阿黛拉開打的，她因為自己的笨拙生了氣，嘴角掛著笑，眼睛含著淚。我的額頭挨了一顆無花果。接著蘿西約和我也還以顏色。無花果在尖銳無情的叫聲中紛紛落下；我們的眼睛、鼻子、衣袖和後頸挨到的無花果，比用嘴吃到的還要多。而那些沒投準的果子紛紛落在黎明涼爽的葡萄園裡。有一顆無花果打中了小普，於是牠便成了瘋狂亂擲的目標。因為可憐的小普既不能還手也不會回嘴，我就站在牠這邊進行反擊。柔軟的青色暴雨穿過清涼的空氣，彷彿飛快的霰彈那般灑向四面八方。

在萎靡、疲累和加倍的笑聲中，她坐到地上，嬌柔地宣布投降。

10 晚禱鐘聲

你看，小普，那麼多玫瑰紛紛飄落：藍色的、白色的、還有無色的……彷彿天空都化成玫瑰了。瞧！花瓣蓋滿了我的額頭、雙肩和雙手……我能拿這麼多的玫瑰做什麼？

你也許知道，這些輕柔的花朵是從哪裡來的，我可不知道呢。它們一天天地使景色變得柔和，給大地抹上甜美的粉紅、白色、天藍色——玫瑰！更多、更多的玫瑰——就像安基利柯修士所作的畫，跟畫中跪著讚頌天主榮耀的情景一樣令人感動。

那些玫瑰似乎是從七重天外的天堂拋向地面來的，像一陣溫暖而略帶色彩的雪花，落在塔尖、屋頂、枝頭上。

你看，所有的壯偉宏闊一經點綴，都變得細緻。更多的玫瑰，更多、更多的玫瑰……

小普，當晚禱鐘聲響起時，我們的世界彷彿失去了它原有的力量，有另一股更崇高、更永恆、更純潔的力量發自內在，如神恩湧泉般飛上星空，繁星也在無數的玫瑰中熠熠閃亮……更多玫瑰呀……小普，你看不見自己柔順地仰望蒼穹的雙眼，本身就是兩朵美麗的玫瑰。

11 臨終之地

如果你比我先死，我的小普，你不會被報信人的小車，載到茫茫的海口沼澤或山路旁的溝壑丟掉，像其他那些可憐的驢子，或像沒人疼愛的馬和狗一樣。你也不會被烏鴉啄得露出肋骨，弄得血淋淋的——猶如殷紅夕陽下破船的殘骸——被那些要去聖若翰站搭乘六點鐘火車的商旅圍觀；更不會讓你僵硬而腫脹地躺在滿是腐爛的蛤蚌的壕溝裡，然後某個秋天星期日午後，一群莽撞好奇的孩子到松林裡吃烤松子時，攀爬俯瞰山坡邊緣時發現了你，孩子們還因此受到驚嚇。

你安心地生活吧，小普，我會把你葬在你最喜歡的松果園裡，那棵又大又圓的松樹腳下。讓生命的寧靜和喜悅伴著你。小男孩在你身旁玩耍，小女孩也會挨著你坐在小椅子上做針線。你會聽見我因為孤獨而作的詩句，還會聽見少女們在橙園裡洗衣時的歌唱。水車的聲響會為你永恒的寧靜帶來愉悅和清涼。一年四季都會有金翅雀、黃雀和綠金翅停駐在常綠喬木健壯的樹梢，將會在莫格爾無盡的藍天和你恬靜的睡夢間，編織一個小巧的音樂屋頂。

12 刺

小普一走進駿馬牧場後便一跛一跛的。我跳下驢背……。

「嘿！小傢伙，你怎麼啦？」

小普微微提起右前肢，露出蹄底，孱弱空懸的蹄甲，幾乎不敢踏踩路面上滾燙的熱沙。

不用說，我比牠的醫生老達爾朋還要小心翼翼，彎曲牠的前肢，查看牠發紅的蹄底。一整根橙樹的綠色長刺，像一把圓柱形的翡翠匕首扎進牠的蹄肉裡。我感到切膚之痛地為小普拔刺，再把牠這個小可憐領到長滿黃百合的小溪邊，讓流水純淨的長舌舔舐牠的小傷口。

後來我們繼續走向白色的海，我在前，牠在後，牠仍是一瘸一拐地跛行，還不時用頭輕拱我的背脊……。

13 燕子

牠已經來到了，小普，黑黝黝又活潑生動。牠把灰色的巢築在蒙特馬約聖母像旁，因此這個巢也應該得到永恆的崇敬。這隻不幸的鳥兒好像嚇壞了。我想這些可憐的燕子這次是搞錯時間了，就像上星期下午兩點鐘、在日蝕時提前躲進雞舍的母雞一樣。

今年，春天賣弄風情地提早起床，可是卻冷得發抖，只好將赤裸的嬌軀再裹回三月陰霾的雲床裡。看到橙樹林裡才剛結苞的玫瑰，還未綻放便凋零了，實在令人感傷！

燕群已經在這裡了，小普，但卻幾乎聽不見聲響。往年，牠們在抵達的第一天就會立刻到處寒暄、好奇張望，用牠們飄盪浮動的顫音喋喋不休。向花朵講述牠們在非洲的見聞；提起兩次海上之旅的經歷，說怎樣張開牠們的翅膀當作風帆，怎樣站在船的繩索上，還有無數的日落、黎明和滿天星斗的夜晚……。

牠們不知所措，沉默而茫然地飛翔，猶如路上被小孩踏亂路線的蟻群。牠們不敢在新街上排成直線上下飛行，末了還來個花式翻身；也不敢飛進築在井裡的巢；也不敢像郵差包上的經典圖案那樣佇立在電線上，因為雪白礙子[5]旁的電線，被北風吹得嗡嗡作響……牠們會凍死啊，小普！

5 電線杆上的絕緣器，早期多為瓷製。

14 圈舍

當我中午去看小普的時候，一道十二點鐘的清亮陽光在牠柔軟的銀色背脊上聚集成一塊巨大的金色光斑。牠肚子下方隱隱發綠的深色地板，全被染得如同翡翠一般。老舊的屋頂灑下一把耀眼的火幣。

原本趴在小普腳邊的黛安娜，蹦蹦跳跳地向我跑來，把前掌搭在我的胸前，用她粉紅色的舌頭喘吁吁地舔我的嘴。母山羊爬到馬槽的最高處，以一種女性的高雅姿態偏著小巧的頭，左右擺動，好奇地盯著我。在我進圈舍前，小普早已高聲鳴叫向我打招呼，現在牠又開心又賣力地想掙脫韁繩。

有那麼一瞬間，我的目光從眼前如詩如畫的風景，穿過帶來天頂彩虹寶藏的天窗，順著陽光直達天際。接著，我踏上一塊石頭，眺望田野。

翠綠的風景在絢麗、朦朧的光輝中飄浮，潔淨的藍天鑲嵌著一堵斷壁，此刻傳來一陣甜蜜而悠揚的鐘聲。

15 閹馬

通身烏黑，黑中泛著殷紅、綠色、藍色的珠光，全身閃耀著銀光，如金龜子和烏鴉身上的金屬光澤。稚氣的眼睛裡時而閃爍烈火般的紅——就像馬奎斯廣場賣栗子的拉蒙娜的那口鍋的色澤。牠如勇士般從佛里賽達的沙地走進新街石砌的路面時，小跑的步伐踢躂作響！牠小巧的頭、修長的腿，是多麼敏捷、機警、銳利！

牠高貴地走過小酒館的矮門，在卡斯提約令人眼花撩亂的紅日光芒襯托下，矮門竟然比牠還要黑。牠步調優閒，看到什麼都要招惹一下。隨後牠跳過松樹幹做的門檻，興高采烈地進入綠色的畜欄，緊接著傳來一陣母雞、鴿子和麻雀的哄鬧。然而那裡已有四個男人在等著牠，毛茸茸的手臂交叉抱在花襯衫胸前。他們把牠帶到胡椒樹下。一陣粗暴短暫的反抗——起先溫和，後來激烈——他們把牠壓倒在糞肥堆上，全都坐在牠身上；達爾朋完成了任務，了斷牠悲哀而神祕的美。

「未用的美必隨你一道埋葬，
用了，則與執行者的生命一併傳承。」

莎士比亞對曾對他的朋友說過。

曾經的小馬駒，現在是成年馬了，虛軟，汗水淋漓，筋疲力盡又悲傷。來了一個人把牠拉起來，為牠蓋上毯子，緩緩地牽著牠走向街道。

可憐虛渺的浮雲，明明昨日還是錘鍊而堅實的閃電！現在的步伐像是一本散了頁的書。牠的腳步虛浮，馬蹄和石板路之間似乎介入某種新的物質。牠像是一棵被連根拔起的樹，失去生命的意義，留下圓滿完整的春天裡，殘暴的早晨記憶。

16 對面的房子

在我小時候，小普，我家對面的房子總令我心醉神馳！先是河口街賣水的阿蕾布拉的小房子，她家院子朝南，永遠充滿金色的陽光。我常常爬上泥牆，從那兒眺望威爾瓦。有時候她們會允許我進去玩一下，然後阿蕾布拉的女兒——當時我看她像個成熟的女人，現在她已經結婚了，不過看起來還是跟當年一樣——就會親我，給我一些香櫞……

接著是在新街上——後來改叫卡諾瓦斯街，最後又改做胡安．貝雷斯修士街——對面何西先生的房子。他是塞維亞來的糖果商，腳下金色的小羊皮靴看得我眼花撩亂。他會在院子裡的龍舌蘭上放雞蛋殼，把廳門漆成艷黃色帶海藍條紋；有時候他也會來我家，我父親會拿錢給他，而他總是對我父親提到橄欖園的事……

從我的陽台上，可以看見何西先生家瓦屋頂上有一棵稀疏的胡椒樹，樹上停滿麻雀，搖曳出多少我童年的夢呀！其實有兩棵胡椒樹，我從沒搞混過：一棵只看得見樹頂浸在微風和陽光裡；另一棵可以看到樹幹，在何西先生家的院子裡。

無論是晴朗的下午，或陰雨的午間小憩，從我家前門的鐵柵欄間，從我的窗口、我的陽台，望著街道和對面房子的寂靜，每天、甚至每小時的微妙變化，多麼有趣，多令人著迷！

17 傻子男孩

每次我們走聖荷西街回家時，經常看見那個傻小孩坐在家門口自己的小椅子上，望著門外來往的行人。他就是那種既不會說話、又不怎麼討喜的可憐孩子；自己無憂無慮，別人看了卻心酸；他在母親眼裡是全世界，但對其他人來說卻什麼也不是。

某天，一股不祥的黑風掃過白色的街道，那家門口再也看不到男孩。只有一隻鳥在孤寂的門檻上歌唱，使我不禁想起了庫羅斯[6]，他是詩人更是一位父親。當他失去孩子時，向加利西亞的蝴蝶問了孩子的事：

「金翅膀的蝴蝶……。」

現在春天來了，我又想起了那個從聖荷西街到了天上去的傻小孩。他一定會坐在他的小椅子上，身旁伴有玫瑰花，用他重新睜開的雙眼，觀望那些過去的金色輝煌。

6 Manuel Curros Enríquez（1851~1908），西班牙加利西亞著名的詩人。

18 鬼

胖妞安妮雅充滿活力的青春熱情，是源源不絕的歡樂泉源，她最大的樂趣就是扮鬼。她會用被單把全身裹起來，往自己巨大百合花般的大臉塗上麵粉，再將蒜瓣掛在牙齒上。當我們晚餐吃飽在小客廳裡昏昏欲睡時，她會突然出現在大理石樓梯上，手裡拿著點亮的提燈，一聲不響、令人戰慄地緩緩走來。她的長袍緊緊貼著全身，看上去就像沒穿衣服一樣。沒錯，在高處的黑暗中這個陰森森的景象令人恐懼，但是，她那一身雪白同時也充滿魅力，散發出一種不知名的誘惑……

小普，我永遠都忘不了九月的那個夜晚。暴風雨像一顆邪惡的心臟，在村裡狂暴的蹦躂了一個小時，接連不斷地打雷閃電，夾雜著雨水和冰雹傾盆而下。蓄水池的水已經溢出來，院子也淹水了。到最後連能陪伴我的——九點鐘的班車、晚禱的鐘聲、郵差——也都離我而去……我顫抖著去餐廳找喝的，在一陣白中帶綠的閃電中，我看到維拉德家的尤加利樹——我們叫它杜鵑樹，就是在那晚倒下的——東倒西歪地掛在遮陽棚的瓦片上。

突然，一聲可怕的轟響，像帶著嘶吼聲的強光後使人失去視覺的陰影，整個房子隨之震撼。等我們回過神時，大家都不在原本的位置上，彷彿每個人都是孤獨的，誰都不在乎也不關心他人。接著一個人抱怨頭痛，另一個抱怨眼睛刺痛，還有一個說心臟不舒服……我們才又慢慢地回到原先的位置。

暴風雨漸漸離去。厚重巨大的雲層從上到下裂開一條縫，月光從中灑下，使院子中氾濫的雨水閃著白光。我們四處查看。洛德在畜欄的階上來回奔竄，狂吠。我們跟了過去。小普啊，黑夜下濕透了的花叢，散發著一股令人作嘔的氣味。就在花叢旁，可憐的安妮雅穿著扮鬼的衣服，死了，被雷電燒焦的手中，握著仍亮著的提燈。

19 殷紅風景

山頂。日落，一整片絳紫，像是被自己玻璃般的光刃給傷得遍體鱗傷、鮮血淋漓。綠色的松林，因覆上餘暉隱約的紅而悻悻然；青草和花朵，既火紅又晶瑩，為這寧靜的瞬間薰上一種濕潤、有穿透力且明亮的香氣。

我佇於暮色中欣喜若狂。小普漆黑雙眼中映照著夕陽的殷紅色，徐緩地走向被染上胭脂紅、玫瑰紅及紫色的水塘。當牠將嘴輕輕浸入水鏡之中，鏡面被牠一碰就像液化了般，血色的滔滔水流奔涌向牠的巨大喉嚨裡。

此刻令這個原本很熟悉的地方變得紛亂雜沓，變得詭異、破敗和壯麗。好似隨時都有可能發現一座廢棄的宮殿……下午越拉越長，滯留超過自己原本應有的時間，似乎被永恆感染，是無止盡的，平靜的，深不可測的……。

「走了喲，小普。」

20 鸚鵡

某次在我法國醫生朋友的果園裡，當我們正跟小普和鸚鵡玩耍時，一位衣著凌亂的女人著急地從山坡上朝我們走來。還等不及走到我們面前，哀傷的黑眼就直盯著我，她哀求：

「先森，辣位醫森在嗎？」

她身後跟著幾個衣衫襤褸的小孩，喘著氣不斷望向前方上坡的路；最後出現了幾個男人，扶著一個臉色蒼白的虛弱男子。他是那群在多尼亞納保護區偷獵鹿群的盜獵者之一，他的獵槍——荒謬地用草繩繫著的老舊獵槍——膛炸了，於是獵人的手臂就中彈了。

我的朋友親切地走近傷患，解開綁在傷口的破布條，洗去血汙，摸摸他的骨頭和肌肉，不時地對我說：

「不要緊啦……[7]」

天色漸暗。從威爾瓦飄來一股鹹沼澤、瀝青和魚腥味……橙樹一簇簇翠綠的天鵝絨，是玫瑰紅的夕陽最完美的點綴。紫綠交疊的丁香樹下，那隻紅綠色相間的鸚鵡走來走去，圓溜溜的小眼睛好奇地看著我們。

可憐的獵人汪汪淚眼映照了日光而閃動著，時而發出悶聲呻吟。鸚鵡說：

「不要緊啦……」

我的朋友用棉花和繃帶幫他包紮……

可憐的傢伙大叫：「啊啊！」

鸚鵡還在丁香花叢裡說著：「不要緊啦……」

---

7 原文是法文Ce n'est rien…

21 屋頂天台

小普，你呀從沒上過屋頂的天台。當然你也不會知道，剛從漆黑的小木梯一爬上天台，深吸一口氣讓胸膛變得開闊，以及在烈日下有種被灼燒的感覺；全身浸在天空的蔚藍之中，彷彿天際就在身邊，石灰牆的雪白刺得眼睛睜不開，但你也知道牆上塗石灰、雨水順著牆流到蓄水池才會乾淨。

天台真是魅力無窮！鐘樓的鐘聲在我們的胸膛響起，心跳隨著鐘聲的頻率激烈悸動；從這裡可以看到遠處的葡萄園裡，鋤頭在太陽下閃耀著金銀火花；從這裡可以俯瞰一切：別人家的天台、畜欄、勤奮的人們——椅匠、油漆匠、製桶匠——默默地做著自己的工作；大畜欄裡的樹蔭光影斑駁，還有些牛或羊；墓園裡，有時會聚集黑色矮小的人影，是場態度草率的三流葬禮；別人家的窗戶裡，有個穿襯衫的女孩漫不經心地著梳頭，嘴裡還哼著歌；河面上有艘船尚未靠岸；穀倉那邊，有樂手在獨自練習吹奏短號，也有別處被激烈的愛情占據，自顧自地圓滿和盲目。

屋子像是地下室般地隱沒。透過窗戶的玻璃往下看，日常生活變得如此陌生：

交談聲、噪音，還有本來就很美的花園；而你呢，小普，時而在水槽喝水，看不到我；時而像傻瓜似地和麻雀、烏龜嬉戲！

22 歸途

我們倆從山間滿載而歸：小普馱著馬鬱草，我帶回了許多黃百合。

四月的傍晚。夕陽從原先滿天清澈透明的金，隨後變成晶瑩的銀白，幾乎就像朵光滑、明亮的水晶做的白百合。接著，浩瀚的天空從一片透明的藍寶石轉變成翡翠。我感傷而歸……。

山坡上，村子鐘樓頂端的瓷磚在閃爍發亮；在這純淨時刻，這一幕顯得永恆不朽；走近看，又覺得鐘樓像遠眺的吉拉達塔[8]。我對城市的懷念，在春天總是特別強烈，看到此景，得到了些許惆悵的撫慰。

回去吧……回到哪裡？又從何處？是為了什麼？而我手中的百合，在溫暖清新的夜色裡聞起來更加濃郁。

同時，一抹更沁人心脾，卻又隱隱約約、不知來自何處的花散發出的芬芳，讓

8　**La Giralda**，西班牙塞維亞主教座堂的鐘樓，自中世紀以來一直是該區的地標建築。

孤獨黑暗中的靈魂和肉體都醺醺然。

「我的靈魂，幽暗中的百合！」我自語道。

我忽然想到小普而回神，我竟然把牠當作是自己的身體，忘了我正騎著牠。

23 關著的柵欄門

每當我們去迪耶斯摩酒坊時，我總要沿著聖安東尼街的圍牆轉過去，走到關著的柵欄門那，眺望門外的田野。我把臉貼著柵欄，睜大雙眼左右巡視，迫不急待地將視線所及的一切盡收眼底。被蕁麻、錦葵淹沒的老舊磨損的門檻前，延伸出一條下坡小道，又消失在安古斯蒂亞那邊。圍牆下是一條寬闊而陡峭、我沒走過的坡道。

從鐵柵構成的畫框中看出去，外面的景色和天空充滿奧妙的魔力，彷彿被一個屋頂和一道牆壁切割掉周圍，將如此奇觀獨自框在柵欄中……從中可以看見道路、橋梁、路邊如煙霧迷濛的白楊、磚窯和巴羅斯小丘，還有威爾瓦的蒸氣。夜幕降臨時，可以看得到里歐丁托碼頭上的盞盞燈火；落日殘留的紫霞中，高大的尤加利樹聳立在阿羅約……

酒店的人笑著告訴我，那道鐵柵欄沒有鑰匙……在我的夢裡，思想徜徉恣肆，沒有拘束，我總覺得鐵柵欄是開向最不可思議的花園，通往美不勝收的田野……

就像我有次為了驗證自己的夢境，曾從大理石樓梯上飛下來一樣，我千百次地在早晨來到鐵柵欄前，確信自己能在門外找到那些有意或無意間，錯亂的幻想和現實……。

24 荷西神父

小普，他看似道貌岸然，滿口甜言蜜語。但事實上，始終聖潔如一的是他那頭母驢——牠才是真正的淑女。

你好像有次在他的果園裡見過他，他穿著水手的短褲，戴著寬邊帽，對偷柳橙的小男孩又是臭罵又丟石頭。你也在無數次星期五見過他可憐的管家巴爾達薩，頂著大如馬戲團彩球的疝氣腫塊，蹣跚地走到村子販賣他的破掃把，或跟窮人一同為有錢的死者祈禱……

我從未聽過有誰說話比他粗魯，也沒聽過誰的誓言發得如此驚天動地。他確實知道天堂位於何處，無比熟悉那裡的一草一木，無庸置疑——至少下午五點鐘他做彌撒時是這樣說的……樹木、泥土、流水、微風、燭火，一切都充滿上帝的恩典，如此溫柔、清新，如此純潔、鮮活；只是在他口中，卻成了混亂，嚴酷，殘暴和腐敗的例證。他果園裡的石子，每天都在不同位置過夜，因為全都被他——懷著敵意和狂怒——砸往小鳥、洗衣婦、孩子和花朵的身上。

每到禱告的時間，一切又都變了個樣。荷西神父的肅穆，在寂靜的田野間都聽得見。他穿上教士服，披上斗篷，戴上圓頂寬邊的教士帽，前往入夜的小鎮，一路上幾乎目不斜視，端坐在緩步前進的驢子上，活像耶穌受死……。

25 春天

啊！那麼明亮，那麼芬芳！
啊！青草展開笑顏！
啊！晨歌多麼悅耳！

——民歌

清晨，我仍睡意朦朧，一陣稚嫩的尖叫聲吵得我火大。結果我再也睡不著，只好無奈地跳下床。打開窗子向田野望去，才發現原來是鳥兒在吵鬧。

我走進果園，感謝上帝賜予這湛藍的日子。此起彼落的鳥鳴嚶嚶成韻，清脆且不絕於耳！燕子隨心所欲地飛旋，進入井中啁啾；烏鶇在掉落的橙子上吹口哨；黃鸝如火般在一棵棵櫟樹上說個不停；黃雀在尤加利樹頂細聲長笑；大松樹上的麻雀七嘴八舌地爭論不休。

啊，如此美好的早晨！太陽將金、銀色的歡樂撒遍大地；上百種顏色的彩蝶四處紛飛嬉戲，在花叢間、屋裡屋外、泉水邊。整個田野上，健康簇新的生命爆發盛開。

我們似乎身處在陽光通明的蜂房裡；在一朵溫暖、巨大，燃燒的火玫瑰中心。

26 蓄水池

你看，小普，最後的那場雨注滿了蓄水池。現在既聽不見回聲，也看不見底；水淺的時候，陽光穿過透視窗藍色和黃色的玻璃，使水面上閃爍著寶石般繽紛的色彩。

小普，你從來沒有下去過蓄水池，可我進去過。幾年前，蓄水池的水放乾時我曾下去過一次。你知道嗎，那裡有一條長長的水道，接著是個小水池室。當我一進到裡面，手中的蠟燭就滅了，有隻蠑螈掉到我手上。兩道可怕的寒氣像兩把劍交叉地竄過我的胸膛，就像骷髏頭底下兩根交叉的腿骨……。整個村子底下都有蓄水池和水道，小普。最大的蓄水池是在卡斯提約古城廣場那邊、薩多德洛伯的中庭裡。可最好的，就是我家這座了，你看這井欄是用整塊雪花白大理石雕琢而成。教堂蓄水池的水道一直通到彭達勒斯的葡萄園，出口在河邊的田間。醫院那條水道至今沒人敢走完，因為怎麼也走不到盡頭……。

我還記得小時候，漫長的雨夜裡渾厚的水聲有如嗚咽啜泣，從屋頂落到院子裡，再流入蓄水池中，使我難以入眠。隔天清早，我們會興奮地跑去看水漲得多高。若是像今天一樣滿到邊上，我們會大吃一驚，會大聲喊叫，會覺得真了不起！

好啦，小普，現在我去給你拎一桶清涼、乾淨的水，一桶維耶嘉斯能一口氣喝完的水——可憐的維耶嘉斯，他的身體早被過量的白蘭地與烈酒給燒壞了。

27 癩皮狗

有時牠會來果園的農舍，瘦骨伶仃，饑腸轆轆。這隻可憐的狗早已習慣被人斥罵、丟石頭，總是夾著尾巴逃竄。連牠的同類都對牠齜牙咧嘴。於是，牠只得在正中午的艷陽下，再次悲切地慢慢踱下山坡。

那天下午，牠尾隨著黛安娜走來。我走出來的時候，守衛心生惡念拔出獵槍朝牠開火。我來不及阻止。可憐的狗，子彈打進牠的肚子裡，牠一陣急劇的掙扎，尖銳地哀鳴一聲，倒在一棵相思樹下死了。

小普抬起頭，直楞楞地望著那狗。黛安娜嚇得狂奔，到處亂躲。守衛可能後悔了吧，再三解釋，也不知在說給誰聽，憤憤不平，卻怎麼也無法平息自己的愧疚。太陽蒙上一層薄紗，彷彿表示哀悼；這片巨大的紗幔，正像是遮住那橫死的狗完好的眼睛上的小紗幔。

尤加利樹被海風吹得折腰，垂頭嗚咽，暴風雨一陣陣地增強，樹哭得更聲嘶力竭；沉重壓抑的寂靜，籠罩在午休時刻仍滿是金黃的田野，掩蓋死狗。

28 水潭

你等等，小普，如果你喜歡的話，也可以在那片鮮嫩的草地上吃個草。但你得讓我看看這個美麗的水潭，我有好多年沒來了……。

你看，太陽是怎樣穿透那厚重的潭水，將底處美麗的金綠色映得光彩四射，岸邊湛藍清新的鳶尾，心醉神迷地凝視水面……陽光在潭面形成天鵝絨台階，錯綜複雜如迷宮層層向下延伸；一個個奇幻的洞窟，如神話般夢幻，完美地啟發畫家的內心，產生各種奇思妙想；宛如仙境的園景，能讓一雙碧綠大眼的瘋女王，陷入永恆的憂鬱；只剩斷壁殘垣的宮殿，就像某次我在黃昏海邊看到、夕陽斜射在寧靜退潮水面上的情景一樣，……還有很多，更多，再更多：好似難以捕捉的夢境，掀開一層又一層的外衣，展現近乎完美的秀麗，不禁憶起那彷彿根本不存在的遺忘花園裡，某個揪心的春天時刻……一切看似微小，卻因為距離而又顯得磅礡，是無數感受的關鍵，是擁有狂熱夢想的最年邁的魔法師之珍寶。

小普啊，這水潭曾是我的心靈。我感覺被它日積月累、複雜而奇妙的寂寞之美所蠱惑……當人們的愛情遭受創傷，就應該打開他的心扉，讓腐敗的血水流淌，直至再次變得純粹、乾淨和輕鬆時，就像亞諾斯的溪水般舒暢，小普，在四月金色的溫暖中潺潺地流淌。

然而，有時候，當那隻遙遠而蒼白的悲愁之手，又將我捕捉回那片寂寥的綠色水潭裡，在這令人不知所措的瞬間，回應此清晰的呼喚的，就只有那句——在我曾為你讀過的舍尼埃[9]寫的牧詩中，海拉斯「裝腔作勢地」向海克力斯說的，「為了使你的痛苦變甜美」[10]。

---

9 **André Chénier**（1762~1794），法國詩人。

10 此處提到的是法國詩人舍尼埃所寫的詩《海拉斯》（*Hylas*）。海拉斯是希臘神話中的一位王子，同時也是大力神海克力斯的副手，海克力斯愛上了這個年輕人。海拉斯因為長相俊美，被仙女水寧芙強行留下，賦予他永生，與她們永遠生活在一起；但也有人說事實上是海拉斯在河裡淹死，所以才消失了。海克力斯找了他很久，並為他的消失而悲痛不已。舍尼埃的靈感就是這段悲慘結局的戀情。

29 四月的田園詩

孩子們和小普一同到白楊林邊的小河了，他們牽著牠小跑，一路嬉戲玩鬧，歡呼雀躍，帶回許多黃色的花朵。他們在那邊淋了雨——那片轉瞬即逝的雲，用金、銀絲線覆蓋住嫩綠的草地；一彎彩虹在雨中顫動，猶如垂淚的豎琴——小普濕透的驢背上，濕漉漉的牽牛花還在滴水。

清新、歡快又動人的田園美景！就連小普的驢鳴，也因牠馱著那濕潤而甜美的負擔，變得柔和起來！牠時不時轉頭，在牠大嘴咬得到的範圍拉拔出一些花——雪白、金黃的牽牛花，先是在懸掛在牠白中帶綠的唾沫間，接著全被吞進繫著肚帶的大肚皮裡。誰能像你呀，小普，吃下鮮花卻不生病！

陰晴不定的四月下午！小普晶亮生動的雙眼裡映著乍雨乍晴的景緻。日落時分，聖若翰的田野上空，又看見糾結的雨絲從另一朵玫瑰色的雲垂落。

30 金絲雀飛了

有一天，那隻綠金絲雀，不知是如何、也不知為什麼飛出了鳥籠。那隻老鳥是跟一位已逝女人的傷懷回憶有關，我怕牠餓死、凍死或著被貓吃掉，所以才不曾放牠出來。

牠整個早晨都在果園的數棵石榴樹間、門邊的松樹上、丁香花叢中飛行。孩子們也在檐廊坐了整個早上，津津有味地看著這隻黃色小鳥飛飛停停。小普無拘無束、悠哉地跟一隻蝴蝶在玫瑰花叢旁玩耍。

到了下午，金絲雀飛到大房子的屋頂上，停留很長一段時間，在落日的暖意中跳躍。霍然間，誰也不知道是如何、也不知道為什麼，牠再次出現時已在籠子裡，歡快如昔。

花園一片歡欣鼓舞！孩子們蹦蹦跳跳，拍著小手，臉上飛起紅霞，笑得像明媚的曙光。

黛安娜跟在他們身後瘋跑，和著自己的叮叮噹噹的鈴鐺聲吠叫著；小普也被這歡樂的氣氛感染，銀光流動的肌肉一蹬，像小山羊似地跳躍，用蹄子旋轉出笨拙的華爾滋舞步，然後放下前肢，後蹄往明亮而溫和的空中踢去。

31 魔鬼

一串沉重而孤獨的蹄聲，突如其來從德拉斯穆羅街角傳出，湧起了整片雲霧般的塵埃，接著冒出一頭更加髒汙的驢子。不久後，出現一群氣喘如牛的孩子，邊拎著遮不住黝黑肚皮的破褲子，邊用爬藤棒和石頭丟牠——。

這頭驢又黑又大又老，還瘦骨嶙峋——活像個大司祭——感覺骨頭隨時會撐破光禿禿的皮膚。牠停了下來，露出一排大蠶豆似的黃牙，發出鬼哭神號的的嘶鳴，聲音大到與牠的老朽不成正比……牠迷路了嗎？小普，你認不認識牠？牠想做什麼啊？這樣猛烈地東奔西竄，是從誰家逃出來的？

小普一見到牠，雙耳豎得硬挺，兩耳耳尖相碰，隨即又一隻朝上另一隻向下，然後跑向我，想躲進水溝裡，巴不得落荒而逃。那頭黑驢走到小普身邊，蹭了牠一下，又扯了牠的馱鞍，再朝牠聞嗅，最後朝修道院的圍牆嘶鳴，就沿德拉斯穆羅街往下跑走……

明明是大熱天，此刻卻令人感到怪異又不寒而慄——是小普、還是我的恐懼？——一切都顛倒錯亂，像是陽光下忽然有塊黑布的陰影落下，掩蓋住小巷轉角處讓人昏眩的孤獨，空氣瞬間凝固，令人窒息……遠方的事物一點一點地將我們帶回現實。上方傳來漁市廣場參差錯落的吆喝聲，剛從港邊回來的魚販竭盡全力地展示鰨魚、秋姑、緋小鯛、銀鱸和他們的口若懸河；教堂的鐘聲響起，宣告晨禱的時間到了；還有磨刀人的鳴哨……

小普還在發抖，不時地望著我，眼神帶著恐懼。不知道為什麼，只有我們倆像啞巴似地站在那裡動也不動……。

「小普，我想那可能不是真的驢子……」

小普再次默默發抖，全身發出細微的簌簌聲，畏避地轉頭望向水溝，雙眼陰沉又憂鬱。

32 自由

當我正欣賞著路邊目不暇給的花朵時，一隻亮麗的鳥吸引了我的目光。牠在濕潤的綠色草地上，不停地搧動色彩繽紛的翅膀，無法脫身。我們慢慢靠近，我在前，小普跟在後。樹蔭下有個飲水池，一群狡詐的孩子在那裡設下捕鳥的網子。悲切的細碎哀鳴，殫精竭力地鼓動翅膀向上，不由自主地呼喚著天空的弟兄。

早晨明朗而純淨，藍得通透。溫柔的金色海風輕拂鄰近的松林，搖曳的樹梢依稀飄來宛轉悠揚的鳥鳴，時遠時近，卻流連不去。無辜的音樂會是真可憐，竟離壞心眼那麼近！

我騎上小普，夾緊雙腿催促牠急奔松林。到了鬱鬱蔥蔥的綠蔭穹頂下，我拍起手，又唱又叫。小普也被我感染，一次又一次地粗聲嘶鳴。回聲激盪，深沉而洪亮，宛如響自一口大井底下。於是小鳥唱著歌，飛往另一座松林。

在遠處粗暴的孩子們的咒罵聲中，小普用牠毛茸茸的大頭猛蹭我的胸口表示感謝，推得我發疼。

33 匈牙利人[11]

看看他們，小普，整個癱倒在地上，就像是疲憊的狗攤著尾巴，躺在陽光下的人行道上。

那個年輕女人像尊泥巴塑像似的，身上深紫、綠色的羊毛衣破爛不堪，露出大面積豐滿的古銅色身軀；比鍋底還黑的雙手，拔著她手邊搆得著的幹草。那個小女孩滿頭亂髮，用炭塊在牆上畫著一些猥褻的圖案。喜歡哭鬧的小男孩躺在那兒撒尿，像噴水池中的水柱，全灑在自己的肚子上。男人和猴子都在搔癢，一個邊嘀咕邊抓著自己蓬亂的頭髮，另一個在肋骨上來回地搔，就像在彈吉他。

男人有時候會抬起身體，然後站起來走到街道中央，慵懶地敲起手鼓，望向某個陽台。年輕女人被小男孩踢了一腳，一邊潑罵，一邊用走調的聲音唱起歌來。猴子帶著比自己還重的鎖鏈翻了一個筋斗後，就到路邊土溝的碎石堆中找小泥丸了。

11 全文是指吉普賽人，當時兩種人的名稱被混用。

三點鐘……車站的班車沿著新街往上開走了。只剩下太陽在照耀。

「你看吧，小普，這是阿馬羅美滿的一家……」。

像棵橡樹的男人，只會搔癢；像葡萄藤一樣的女人，攀著躺著；兩個孩子，一男一女，只為了延續後代；還有一隻捉跳蚤的猴子，像這個世界一樣微弱而渺小，養活他們一大家子。

34 親愛的

清爽的海風吹上紅土坡，吹到山丘的草地，在嬌嫩的白花叢間嬉笑；接著又吹往遍地落葉枯枝的小松林間，像一面輕薄的船帆延展、搖晃，天藍、粉紅、金色的蜘蛛網光彩四射……整個下午都吹著海風，陽光與清風讓心靈得到些許柔軟的撫慰！

小普馱著我，高興、輕快又心甘情願，好像我沒有重量似的。我們登上山坡，腳步有如下坡路般輕快。遠處有片松林，望去彷彿一座孤島鑲嵌在無色緞帶似的海面，燁然炫目地晃動著。山腳下的翠綠草地上，被繫住的驢群在灌木叢間碰碰跳跳。

一陣感性的悸動在峽谷中飄蕩。小普忽然豎起雙耳，張大高舉的鼻孔——都快撐到眼睛了，露出大豆莢似的黃牙。牠深深地嗅聞四面來風，不曉得是什麼樣的神祕香氣沁進入牠的心房。看吧，果然如此——在另一座山丘上，蔚藍的天空下有一頭秀麗的灰驢映襯，就是小普牠親愛的。兩道喇叭似的悠長而嘹亮的嘶鳴，撞碎這絢麗的一刻，然後像道雙子瀑布流瀉直下。

我不得不制止我可憐的小普這種溫存的本能。牠那在田野間的美麗女友，睜著映著這一幕的煤玉般大眼，看著牠走過，跟牠一樣難過。徒然的神祕呼喚，化作肉體解脫的本能，像是粗暴的輪子，輾過那片瑪格麗特。

小普跑得心不甘情不願，每時每刻都想轉身返回，細碎的快蹄聲中都帶著怨言：

「怎麼這樣，怎麼這樣，怎麼這樣……」

35 水蛭

等一下。小普，那是什麼？你怎麼啦？

小普的嘴在流血。牠咳喘著，越走越慢。我靈光乍現，想起今天早上經過畢內德噴泉時，小普曾在那邊喝過水。雖然牠總是把牙咬得緊緊的，挑最乾淨的地方喝水，但一定是有水蛭吸附在牠的舌頭或上顎。

「停一下，兄弟，給我看看……」

莊稼人拉伯索剛從阿爾門德拉那裡下來，我就請他幫忙，我們兩個人一起試著將小普的嘴打開。可是牠的嘴好像被古羅馬水泥給封住一樣。我很遺憾地意識到，可憐的小普沒有我認為的那麼聰明……

拉伯索拿起一根粗棍，將它一劈為四，試圖將其中一枝穿過小普的上下顎之間……可真是個工程浩大的難題。小普把頭抬得老高，舉起前蹄站了起來，來回掙扎著想逃跑。不知怎的棍子終於從一邊放進牠的嘴。拉伯索翻上驢身，雙手握緊棍子兩端並使勁地往回拉，把小普的嘴撬開。

果然如此，牠嘴裡有隻鼓脹的黑色水蛭。我用兩根葡萄藤充當鉗子將牠夾出來……那水蛭看起來像個紅棕色的小布袋，也像是壓榨過的黑葡萄；對著陽光看，又像是被紅布激怒後的火雞的肉垂。為了不讓牠再吸吮任何一匹驢的血，我把它切斷並投進小溪，小普的血一下子就染紅了一個短暫漩渦裡的泡沫……。

36 三個老婦人

順著圍牆爬上來吧，小普。快上來啊，讓這些可憐的老太太先過……。

她們可能是從海邊或山裡來的。你看，她們中有一個眼睛看不到，另外兩個扶著她的手臂帶路。她們可能是要去看路易斯醫生，或者要去醫院……看她們走得這麼慢，看得見的那兩人，一舉一動多麼小心謹慎！好像三個人都畏懼同樣的死亡。小普你看到了嗎？她們伸著手，好像要推開空氣，用一種可笑的怪樣子試圖驅散她們臆想出的危險，甚至連最細小的花柄也不放過。

小心摔跤啊你這傢伙……聽聽她們邊走邊說著這麼令人感傷的話。她們都是吉普賽人；你看她們鮮豔的服裝，飾有圓點和荷葉邊。你看到了嗎？她們雖然都已上了年紀，但身材依舊勻稱直挺，也沒半點彎腰駝背的樣子。她們皮膚黝黑，汗流浹背，渾身髒兮兮，漸漸消失在正午驕陽的塵埃之中。不過仍有一絲堅韌的美麗伴隨著她們，就像是一段乾涸而痛苦的回憶……。

小普，你看她們三個。她們懷著無比的自信，讓老年生活燃起生機；熾熱的陽光帶來熱情洋溢的甜蜜，這個使藏掖花開出黃色花朵的春天，也滲透進她們的生命。

37 小拖車

雨水使那條較大的溪水暴漲，溢到了葡萄園。我們在那裡碰到一輛老舊的小拖車，連同車上滿載的茅草和橘子，全都陷進了溪邊的濘泥。一個衣衫襤褸又髒兮兮的小女孩，伏在輪子上哭泣，想用她纖弱胸膛裡所有的力氣幫驢推車——那隻驢比小普更小，唉！也比牠瘦多了！小驢頂著風，在小女孩帶著哭腔的喊叫聲中，竭盡全力地想要把車從泥淖中拽出來，卻徒勞無功。小驢和許多勇敢的小孩一樣，雖然有勇氣卻力不從心，最後牠像夏日疲倦的微風，累倒暈在花叢中。

我輕撫小普，盡我所能地將牠套在可憐的小驢前面，然後溫柔卻不容置疑地命令牠前進。小普用力一拉，把車和淺灰的小驢拖出泥淖，並拽上小土坡。

小女孩的笑容多麼燦爛！彷佛午後的太陽，將雨雲震裂成細碎的黃水晶，在小女孩哭花了的臉上燃起了一片光暈。

她帶著淚流滿面的喜悅，精心挑選了兩顆最漂亮、飽滿的圓橘子送我。我感激地接了過來，一顆遞給那頭瘦弱的小驢子，讓牠也能有甜蜜的安慰，另一顆則給小普，算是給牠的金獎。

38 麵包

小普，我是不是跟你說過，莫格爾的靈魂是酒？才不是；其實莫格爾的靈魂應該是麵包才對。莫格爾就像一條小麥麵包，裡頭像麵包心般雪白，周圍金黃——噢！黃褐色的太陽啊——像鬆軟的麵包皮。

每到正午太陽最炙熱的時候，整個村子被烤得冒煙，散發出松樹和出爐麵包的香氣。全村的人都張開了嘴，像是一張巨大的嘴，正咀嚼著一條巨型麵包。麵包無所不搭：沾橄欖油、佐番茄冷湯，配乳酪和葡萄，讓幸福的滋味更加無瑕完美；還能搭著葡萄酒、肉湯、火腿，或麵包配麵包。甚至不用搭配，單吃就很美味，就像希望一樣，或著摻點幻覺……。

賣麵包的人騎著馬疾步而來，會在每家半掩著的門前停下來，拍手大喊：「賣麵包ㄠ——。」此時，可以聽見掛在裸露手臂上的籃子裡，四分之一磅的麵包落在小麵包上，或鄉村麵包撞到環形麵包所發出的薄脆、酥軟的聲音。

就在此刻，窮人家的孩子們有的拉起門口的鈴鐺，有的敲著門環，對屋裡的人拉長音哭叫：「施捨一——點麵包ㄠ——！」

39 阿格萊亞[12]

你今天真是好看極了，小普！來，來這邊……今天早上馬卡利亞可是折騰你好一陣子！現在你全身黑白分明，光彩奪目，就像被雨水刷洗後的白天與黑夜。你真的好看極了，小普！

看見自己這副模樣的小普顯然有些羞澀，向我慢慢走來，剛洗過澡仍然濕漉漉的身體，光潔得像個少女的玉體。臉龐好似黎明般明亮，鑲在臉上的一雙大眼閃爍著勃勃的生機，似乎是美惠三女神[13]中最年輕的那位，將自己的熱情和光芒借給牠。

我將這番話說給小普聽。我的心中突然湧上一股手足般的友愛之情，使我不禁抱住牠的頭，疼愛地輕搓揉捏，搔牠癢……而牠目光低垂，只用耳朵輕輕反抗，也

12 **Aglae**，希臘神話中象徵希望曙光的光輝女神，也是美惠三女神中最年輕的一位。

13 **las tres Gracias**，在希臘神話中是體現人生所有美好事物的三位女神，代表大自然所給予的生命、恩賜、快樂和美麗，為人間帶來各種光明面，體現最多采多姿的理想生活。她們的名字和人數隨不同地區和時期有許多變化。

沒有逃開。放開牠時，牠短短地跑了幾步又忽然停了下來，像一隻嬉戲的小狗。

「你真是太好看了呀，兄弟！」我再次對牠說。

小普的樣子像一個窮孩子剛穿上新衣，害羞地跑著，邊跑還邊轉頭看我，用牠的耳朵告訴我，牠是多麼地開心。接著牠又跑到圈舍門口，假裝吃起了那些紅色的牽牛花。

阿格萊亞，帶來美和善的女神，靠在那棵掛滿梨子、駐滿麻雀、枝葉層層疊疊的梨樹旁，微笑地看著這一幕；在通透的晨光中，她的身影若隱若現。

40 可羅納的松樹

無論我在哪裡停留，小普，我都覺得自己是佇立在可羅納的那棵松樹下。不管達到何處——城市、愛情、榮耀——都能感受到它伸展於藍天白雲下，枝繁葉茂的庇蔭。它猶如引領暴風雨中的莫格爾水手渡過險灘的燈塔，渾圓又清晰，屹立於我洶湧的夢之海；它是在我艱難的日子裡的高聳避難所，巍峨地矗立在乞丐們前往聖路加的路上，那崎嶇的紅土坡頂。

每當我停歇在對它的回憶之中，總會感受到強盛的力量！在我成長的過程中，唯有這強大的感覺沒有改變，甚至與日俱增。那次當它被颶風折斷的樹枝被鋸掉時，我彷彿也感受到斷肢之痛；偶爾，當我有各種突如其來的疼痛，我感覺可羅納的松樹也會出現同樣的痛苦。

「宏偉」兩個字完全地適合它，就像適用於海洋、天空和我的心靈那樣。幾個世紀以來，有多少族群種族的過客，曾在它的樹蔭下歇息，仰望朵朵浮雲飄過，就像停歇在水面上、在天空下、在我心中的懷念。當我游思妄想，不羈的影象任意浮現時，或者在心思顛倒錯亂、重合交疊的剎那，可羅納的松樹呈現出我無法形容的永恆畫面，巨大無比，使我在迷茫的時候，似乎聽見它颯颯地呼喚我在它的寧靜中安息，有如我生命旅程中真正永恆的目的地。

41
達爾朋

達爾朋是小普的醫生，身材像頭花斑閹牛般龐大，像西瓜一樣紅潤。體重足足有十一個阿羅瓦[14]。據他自己說，他的年齡是三枚杜羅幣[15]。

他說起話來好像是缺了琴鍵的舊鋼琴；有時嘴裡說出的不是字，而是一團空氣。時常這些含糊的咕噥會伴隨搖頭晃腦、誇張的拍臂鼓掌、身體前後搖擺、清清喉嚨、不斷地用手帕擦口水。他該有的動作都到齊了。簡直是晚飯前愉快的演奏會。

他嘴裡一顆牙齒也沒剩，幾乎只能吃麵包心，而且還要先放在手中揉軟。他會把麵包滾成小球，再往血紅大口裡一送！就這樣在口中翻來轉去能含一個鐘頭。一球吃完再吃一球。由於他用牙齦咀嚼，下巴的鬍鬚就會碰到他的鷹鉤鼻。

---

14 **arroba**，西班牙等國家的重量單位，每單位約等於十一點五零二公斤。原文中十一個阿羅瓦，約等於一二六點五二公斤。

15 杜羅幣來源是西班牙舊貨幣**peso fuerte** 或 **peso duro**，它只是會計計量單位，一杜羅等於二十西班牙雷亞爾，所以文中的達爾朋醫生六十歲。

要我說，他真的就有花斑閹牛那麼大。他如果坐在門口的木凳上，幾乎可以擋住整間房子。可是只要一見到小普，他就會變得像孩子一樣柔軟。如果看見一朵花或一隻鳥，他會突然張大嘴巴，不由自主地大笑到不能自己，並且總是以哭泣收場。恢復平靜以後，他會往老墳場那邊望去，凝視許久：

「我的小女孩，我可憐的小女孩……。」

42 男孩與水

積滿塵土的大畜欄被烈日灼燒，乾旱得寸草不留，無論腳步放得多輕，都會揚起滿天細白的塵土，使視線模糊。畜欄中有個小男孩站在泉水旁，兩個不同的個體，融合成可愛溫馨又和諧的畫面。雖然半棵樹也沒有，可是一到那裡，心中都會湧出同一個詞——那個出現在普魯士藍的天空中，被映在眼裡閃閃發光的大字：綠洲。

早晨就已經炎熱得像午休時分，聖方濟的畜欄裡，夏蟬在橄欖樹上叫得震耳欲聾。太陽直接曬在男孩的頭上，可是他全神貫注地看著水，所以毫無感覺。他趴在地上，一隻手接住潺潺流動的水柱，泉水在他掌心形成一座清涼、優美、顫抖的宮殿，他凝神專注的黑眼珠裡滿溢喜悅。他吸著鼻子在自言自語，另一隻手在破衣服裡東抓西搔。水凝的宮殿始終如一，卻每刻都在更新，有時又游移不定。男孩聚精會神地控制著自己，像手上捧著一塊會動的玻璃，又像拿著一個輕碰一下就改變的萬花筒裡的圖案，小心翼翼地不讓自己的脈搏律動改變了最初在水中發現的那種令人驚異的樣貌。

「小普，不知道你聽不聽得懂我跟你說的話：但是那個男孩手裡捧的，是我的靈魂。」

43 友誼

我們非常了解彼此。我讓牠隨心所欲地遊走，而牠總是會把我帶到我想去的地方。

小普知道每次去到可羅納的松樹時，我喜歡靠近它，輕撫它的樹幹，透過它鮮明而巨大的樹冠仰望天空；牠知道我喜歡那條通向古水泉、碧草如茵的小徑；也知道從松林的山崗俯瞰河流，對我來說是場視覺的饗宴，高聳的樹林使人浮想連翩，風景典雅如畫。若我在小普背上安心地打起瞌睡，一睜開眼就一定是這種賞心悅目的壯觀景緻。

我把小普當小孩看。如果道路變得陡峭崎嶇，牠比較吃力，我就會下來減輕牠的負擔。我親吻牠、逗牠、鬧牠；牠也很明白我愛牠，對我從不記恨。牠那麼像我，那麼與眾不同，以至於我覺得牠也會夢到我做過的夢。

小普就像是熱情的少女一般，對我毫不保留地奉獻。從無任何怨言。我知道，我就是牠的幸福。牠甚至會避開其他的驢子和人……。

44 搖籃曲

賣炭人家的小女孩，雖然像枚銅板髒兮兮的，但卻長得很漂亮，烏黑的眼睛閃閃發亮，煤灰之間的飽滿嘴唇紅得像要滴出血來。她坐在茅屋門口的瓦片上，哄著她的小弟弟睡覺。

朝氣蓬勃的五月天，像太陽的中心一樣炙熱耀眼。在明亮的寧靜裡，聽得見田野間炊食鍋子的沸騰聲，駿馬牧場裡的嘶鳴聲，以及拂過濃密的尤加利林時海風的歡笑。

賣炭人家的小女孩，用甜蜜的嗓音深情唱著：

「我的寶——寶要睡——覺，

牧羊人——真疼愛——他……」

歌聲停了一下，樹梢有風掠過……

「……我的寶——寶睡——著了，

哄他的姑——娘也睡了。」

一陣風……小普在燥熱的松林間溫順地漫步，悠悠然地……然後躺在陰涼的地上，像是聽著母親悠長的哼唱聲中入睡的孩子般，迷迷糊糊地闔上雙眼。

45 庭院裡的樹

這棵樹，小普，這棵是我親手種下的相思樹，是一簇綠色的火焰，接連生長了一個又一個春天，現在用它茂密而舒展的綠葉覆蓋著我們，透出斑駁的夕陽。當我還住在這個房子的時候——現在已經被鎖上——這棵樹可是我的詩歌中最好的養分。它的每根枝條在四月綴飾滿樹翡翠，在十月掛滿黃金；每次看向它，那怕只是一眼，都覺得神清氣爽，彷彿是繆思女神明淨的纖手輕落在我的額頭一樣。它曾是多麼美好，多麼細緻，又多麼靈秀！

如今，整個庭院幾乎被它占據。變得如此粗壯！我不知道它還記不記得我，我總覺得它已經不是原本的那棵樹了。在我遺忘它，以為它不曾存在的這段時間裡，春天卻任由它年復一年地盡情生長，而我原本對它寄予的情感也越來越淡。

今天沒有什麼可說的了，僅管它還是我親手種下的樹。第一次輕撫接觸任何一棵樹，總會使我充滿感動，小普。但是，原本我那麼喜愛和熟識的樹，當我再次見到它時，居然波瀾不驚，無話可說，小普。這可真令人難過；但再多的話語也沒有用。不，也不必再看了。與落日餘暉互相交融的相思樹上，已不再懸掛我的豎琴。那些可愛的枝枒，再也無法帶給我任何詩句；含著光輝的樹頂，對我再無啟迪。可是，我還是無數次地來到這裡，帶著一種清新、芬芳、樂曲般的孤獨幻想。而現在我感到不適和心灰意冷，我想要離開這裡，小普，就像要遠離賭場、藥房和劇院一樣。

46 患肺癆的小女孩

白石灰牆的冷清房間中央，她筆直地坐在淒涼的椅子上，臉色蒼白，黯淡無光，像枯萎的夜來香。雖然五月的天氣還是有些冷颼颼，可是醫生要她去野外多曬點太陽，但這個可憐的小女孩已經走不動了。

「我才走到橋那邊，」她告訴我，「尼看，先森，就似那邊！窩就喘不過氣了……。」

她那帶著稚氣的聲音，微弱、斷斷續續地飄落，疲倦得像是夏季偶爾之力的微風。為了讓她在附近透透氣，我讓她騎著小普散步。她那消瘦垂死的臉龐笑得多開心呀，亮得只見黑眼珠和白牙齒。

婦人們從門縫偷偷看我們經過。小普走得很慢，似乎知道背上馱著的是朵水晶做的百合花，脆弱易碎。小女孩穿著蒙特馬約聖母穿的那種潔白的長袍，繫著殷紅色腰帶，高燒和希望使她容光煥發，看起來就像穿過小鎮、趕往南方天堂的天使。

47 羅西歐朝聖節[16]

「小普，」我對牠說：「我們去等遊行車隊吧。車隊會帶來遠方多尼亞納的低語；阿尼瑪松林的神祕；馬德雷和雙梣的涼爽；羅西納的芬芳……」

我帶著盛裝打扮、英姿煥發的小普，去向泉水街的女孩們獻殷勤。微弱的夕陽漸漸西下，將低矮屋檐下的白石灰牆，掛上一條朦朧的粉紅色緞帶。後來我們走去歐諾斯的圍牆，從那裡可以看見通往亞諾斯的道路全貌。

車隊已經爬上斜坡。羅西歐朝聖節的柔柔細雨，從一抹曇花一現的淡紫浮雲飄落在綠色的葡萄藤上，可是慶典中的人對這點雨水完全無動於衷，看都不看一眼。打頭陣的是一群興高采烈的情侶，騎著鬃毛編成了麻花辮、摩爾式[17]裝扮的毛

16 羅西歐朝聖節（**Romería del Rocío**）通常稱為**El Rocío**，是安達魯西亞所舉辦有名的天主教朝聖活動，用以紀念海濱沼澤女神聖女羅西歐（**Virgen del Rocío**），其狂熱程度類似台灣的媽祖繞境，是重要的宗教活動之一。

17 「摩爾人」是指中世紀居住在伊比利半島的穆斯林，所以在西班牙（通常是南部）受阿拉伯文化影響的服裝、建築等就會被稱為「摩爾式」。

驢、騾子和馬，男的歡欣，女的無畏。華麗、活躍的雜沓人群漫無目的且狂熱，不停地往返、穿插在隊伍中。接下來是載滿醉鬼的車子，吵鬧、粗魯、亂七八糟。再後面的大車垂掛白幔，裝飾得像床一樣，棕膚、挺拔的花樣少女坐在華蓋下拍打鈴鼓，尖聲高唱塞維亞歌曲。更多馬……更多驢子……領隊的人高喊：

「聖女羅西歐——萬歲！萬歲——！」

他禿頭、乾瘦、滿臉通紅，寬邊帽掛在背後，金色的權杖貼靠在馬鐙上。隊伍的最後，拉車的是兩頭溫馴的大花斑牛，五彩繽紛的頭帶上裝飾著亮片——像是主教那樣，一閃一閃反射出扭曲、帶著雨水的陽光。這對公牛頸背的軛歪歪斜斜，搖頭晃腦地拉著無染原罪聖像，白色的神轎裝飾著紫晶和白銀並綴滿鮮花，像滿載枯萎的花園。

音樂已經響起，夾雜在鐘聲、煙火和馬蹄踏在石板的重響之間……。

然後，小普彎曲前肢，像個婦人般緩緩跪下——這可是牠的本領——牠可真溫柔、謙卑又有教養。

48 龍薩[18]

小普的韁繩早已鬆開，自由自在地在開滿純潔雛菊的草地上吃草。我從摩爾式的鞍囊取出一本小書，坐靠在松樹下，打開夾著書籤的那頁，開始高聲朗讀：

「看枝頭五月的玫瑰，
在它最美的青春，它第一朵花蕾，
連蒼天也嫉妒……[19]」

上方，枝枒最高處，一隻輕盈的小鳥在低喃不止的翠綠樹梢跳躍、啁啾，被陽光染成金黃色。撲翅聲與鳥鳴之間，還夾雜種子的破裂聲——是小鳥正在吃午餐呢。

「……嫉妒她鮮豔的色彩。」

18 Pierre de Ronsard（1524~1585）法國詩人，是最早用其母語法文、而不是用拉丁文寫詩的詩人，生前被奉為詩聖。

19 原文為法文。

有個龐大、溫熱的東西，像個活生生的船頭，突然滑上我的肩……是小普，一定是奧菲斯[20]的豎琴聲吸引牠來和我一起讀詩。我們一同唸：

「……鮮豔的色彩，

當黎明曙光射向她的淚珠……」

但這隻小鳥大概是消化得太快，發出了不協調的音調，蓋過了下面的字句。

這個瞬間，連隆薩也忘了他的十四行詩……他大概在地下笑了出來。

20 希臘神話中的音樂家。具有極高的藝術天份，天地萬物與飛禽走獸都沉迷於他的樂音。

49 西洋鏡與老人

突然間，沒有半點徵兆，街道的寂靜被一陣乾巴巴的鼓聲打破了。接著就聽見有氣無力、顫抖的聲音，悠長而氣吁吁的吆喝。又聽見飛奔的腳步聲沿街而來……孩子們大叫：

「西洋鏡老頭！西洋鏡！西洋鏡！」

街角，一個綠色的小箱子插著四面粉紅色的小旗子，鏡口向著太陽，靜靜地待在折凳上等人來觀賞。老人把鼓敲了又敲。一群沒有錢的孩子或把手插在口袋或放在背後，圍著箱子默不作聲。過一下子，有個小孩跑來，把手裡捏著的銅板放在老人的掌心，然後上前將眼睛湊到鏡口……

「現在──你會看到……普里姆將軍……騎在白──馬上……」外鄉來的老人似乎有點不耐煩地說著，邊打著鼓。

「巴──塞隆納港！」又一陣鼓聲。

其他的小孩一個接一個地將準備好的銅板繳給老人，全神貫注地看著他，準備向他買取幻想。老人又說：

「現在——你會看到……哈——瓦那古堡！」他又敲鼓……。

小普跟著小女孩和對面養的狗跑來看西洋鏡，牠可能覺得好玩，把大頭擠進孩子們之間。老人突然幽默起來，對牠說：

「你拿銅板來呀！」

沒有錢的孩子儘管懨懨的，也都笑了，用謙卑、懇求和阿諛的眼光望著老人……。

50 路邊的花

路邊這朵花多麼純潔，多麼美麗啊，小普！它身邊總是會經過許多紛紜雜沓——牛群，羊群，馬群和人群——它是如此嬌嫩，如此柔弱，卻依舊挺立，半點髒汙也不曾染上它淡紫、細緻的花瓣。

每回我們走捷徑上山時，你都可以在翠綠中看見它。為什麼我們一靠近，原本停靠在它身旁的小鳥就立刻振翅高飛呢？有時它像個小小杯子，盛滿了夏雲落下的清水；有時它寬容蜜蜂的侵襲，或讓靈動的蝴蝶點綴片刻。

小普，這花只有幾天的生命，但在回憶中它的存在可以是永恆的。它的生命就像你青春時光中的一天，也像我人生中的青春時光……而我又能獻給秋天什麼，小普，才能換取這朵神聖的花，好讓它每天都成為我們樸實又永恆的榜樣。

51 洛德

小普，我不知道你會不會看照片。我曾經拿過一些照片給幾個鄉下人看，他們什麼都看不出來。小普你看，這就是洛德，我偶爾會跟你提到的那隻獵狐狸。你看。在這裡。看到了嗎？在大理石的庭院裡，幾盆天竺葵之間，牠在墊子上曬著冬天的太陽。

可憐的洛德。牠是我在塞維亞畫畫時帶回來的。牠是隻白狗，亮得幾乎沒有顏色，豐滿得宛若貴婦人的大腿，像出水口的水柱一樣充沛、迅猛。身體有些許黑斑，像黑蝴蝶翩翩飛舞後停在牠身上歇息。一雙發亮的眼睛，富含無止盡的崇高感情。牠也有瘋癲的一面。有時候牠會莫名其妙地繞著院子白百合花叢亂轉一通；五月，陽光會穿透彩色玻璃窗，把整個大理石庭院裝飾得有紅有藍有黃，就像卡米羅先生畫的鴿子一樣……有時候牠會跑上屋頂，在毛腳燕的巢裡掀起一片嘰嘰喳喳的騷動……瑪卡莉亞每天早晨都會用肥皂幫牠洗澡，小普，牠總是像晴空下，頂樓天台的粉白柱子般光潔得發亮。

我父親去世時，牠整夜守在靈柩旁。有回母親生病了，牠躺在她的床腳下整個月不吃不喝……有一天人家跑到我家說牠被瘋狗咬了，所以得把牠帶到古堡那邊的酒坊，栓在橙樹下和人群隔離。

牠沿著小巷被帶走時所留下的目光，至今依舊刺痛著我的心，小普，就像一顆死亡的星星所留下的光芒，悲慟的情感之崇高，已經超越的自身的消亡，而永恆長存……每當我在現實中遭受任何的苦痛，洛德烙在我心裡的目光，悠長如生命通往永恆之路──我是指小溪通往可羅納的松樹──總會浮現在我眼前。

52 井

井！小普，這個字是多麼深奧，多麼幽綠，多麼清涼，多麼響亮！似乎這個字本身，在陰涼的地面旋轉、鑽鑿，直至冰涼的水脈。

你看，井邊的無花果樹，既是裝飾，卻也弄壞井欄。井裡伸手可及的地方，香味沁人肺腑的藍色花朵綻放在布滿青苔的磚壁間。往下一點，有隻燕子在那裡築巢。再往下，有陰森森的陰影廊柱，柱後是一座翡翠宮殿和一面湖，如果丟塊石頭擾亂平靜的湖面，湖水會生氣而嗡嗡地抱怨。最底下是一片天空。

（夜晚，月亮在井底點燃燈火，點綴了幾許閃爍星光。一片寂靜！路上渺無人跡。靈魂逃入井底深處。在那裡甚至可以看得到黃昏的另外一面。似乎是有個夜的巨人，世上所有祕密的主人，就要從井口走出來了。啊！奇幻而寧靜的迷宮，幽暗而芬芳的花園，迷人的魔幻沙龍！）

「小普，假如有一天，我跳進了這個井裡，那可不是自殺，相信我！而是我想要快點摘到星星。」

小普嘶鳴，又渴又急。一隻受驚的燕子，安靜地左閃右躲，從井裡飛出來。

53 杏桃

沿著蜿蜒窄小的薩爾小巷往前走，石灰牆在藍天和陽光的輝映下泛著紫羅蘭色，盡頭就是聳立的鐘樓，南面的樓牆發黑、剝落，是海風不斷地吹蝕造成的。有個孩子和一頭毛驢緩緩走近，那孩子看起來矮矮瘦瘦，比他掛在背後的寬沿帽還要小，他已經完全沉浸在夢幻般的山鄉情懷，低聲吟唱著一首又一首的西班牙[21]詩歌：

「……帶著極度——頷疲——勞ㄠ——我祈求ㄡ——過……」。

驢子被鬆開韁繩，小口啃著小巷中稀疏的髒草，被馱著的一些杏桃壓得有點垂頭喪氣。那原本神遊天外的孩子驚覺自己身處在街道，於是馬上剎住腳，張開並繃緊被泥土沾染的細小雙腿，彷彿要從地上獲取力量；雙手攏在嘴邊，尖聲、用力吆

21 Pierre de Ronsard（1524～1585）法國詩人，是最早用其母語法文、而不是用拉丁文寫詩的詩人，生前被奉為詩聖。

喝，尾音還帶著孩子般的稚氣：

「杏——桃ㄠ——！」

然後，他似乎毫不在乎這場買賣——像迪亞茲神父老掛在嘴邊的那句「不足掛齒」——他又再次沉浸在自己的吉普賽歌謠的世界裡，低聲吟唱：

「……我沒怪尼咦——

也不會怪尼唷——……」。

他還不經意地用棍子敲起石頭……。

空氣中傳來熱麵包香和松枝的燒焦味。緩慢的微風輕輕掠過小巷。突如其來的渾厚鐘響，綴著零碎的小鐘聲，宣告著已經三點鐘。緊接著，又是一陣有節奏的鳴鐘，宣布節日的來臨，將短號的喧囂、班車離鎮的叮鈴響，以及午睡中的寂靜，全部淹沒在鐘響的洪流中。微風從屋頂上方帶來一片如水晶閃爍、晶瑩的虛幻海洋，散發著迷人的氣味；一個沒有任何人的海洋，反覆的波濤在厭倦和寂寞中閃著光亮。

孩子又再次清醒，重新剎住腳步，高喊：

「杏——桃ㄠ——！」

小普不想走了，一再注視那個孩子聞嗅、輕觸他的驢子。這兩頭灰色的傢伙用難以解釋的同步的頭部動作互相認識了，那個樣子讓我想起了某些白熊……

「好唷，小普；我去叫那個男孩把他的驢子給我，然後你就跟他一起去賣杏桃好了……。」

54
踢

我們正準備前往蒙特馬約農莊，幫小牛烙印。下午，炙熱的浩瀚藍天下，石頭地面的蔭涼院子中熱鬧嘈雜，壯馬的歡快嘶鳴、婦女的清脆笑聲、狗兒尖銳的吠叫此起彼落。小普在角落裡越來越不耐煩了。

「唉！老兄，」我對牠說，「你可不能跟我們去啊，你還太小……。」

牠聽完變得好急躁，我只好叫那個傻子騎著牠一道走了。

……騎在一望無際的田野間，多麼愉快！微笑的鹹沼澤鑲了金邊，片片水窪猶如破碎的鏡面映著太陽，關閉了的磨坊在水中變得扭曲。有力、果決的馬蹄聲中，夾雜著小普尖銳、倉促的碎步，牠必須趕個不停，像是里歐丁托的火車輪般不停地轉啊轉，才不會跟傻子一起被落在半路上。忽然間，響起一聲聽起來像槍聲的巨響。小普的嘴拂過一匹秀麗的小公馬的臀部，小公馬飛快回以一記後踢。旁人只當沒事，可是我看到小普的前肢在流血。我翻身下馬，用細木條和馬鬃為牠紮好破裂的血管。之後我就叫傻子帶牠回去。他們倆難過地離開了，慢吞吞地沿著從村莊蜿蜒而下的乾河床往回走，頻頻回顧我們這耀眼、疾馳的人和馬。

從農莊回來後，我去看小普，發現牠痛苦又消沉。

「你看吧，」我對牠嘆口氣，「你不能什麼地方都要跟著人去吧?!」

55 驢學

我在一本字典上讀到：「驢學，陰性名詞，描述驢子的諷刺用詞。」可憐的驢子！你明明那麼美好，那麼高貴，又那麼聰慧！諷刺用詞……為什麼？你難道連一條正經的描述都不配嗎？你的真實寫照會是一則春天的故事。大家應該把好人叫做「驢子」，壞驢子才應該說牠是「人」吧！諷刺……怎麼能這樣說你。你聰明絕頂，是老人與小孩、溪流與蝴蝶、太陽與狗兒、花朵與月亮的好朋友；有耐性又體貼、憂鬱又可愛，是草地上的馬可．奧理略[22]。

小普確實了解我的心思。牠用溫柔堅定、閃閃發亮的大眼凝視著我，眼中有陽光照耀，是一對閃爍著光芒、小巧又凸圓的墨綠色蒼穹。唉！真希望牠閒適恬靜、毛茸茸的大腦袋能知道我正在為牠主持公道，知道我比那些編寫字典的人更好，知道我幾乎跟牠一樣好！

22 **Marco Aurelio**（**121~180**），羅馬帝國五賢帝之一，不但是有智慧的君主，同時也是著名的斯多葛派哲學家，有以希臘文寫成的關於斯多葛哲學的著作《沉思錄》傳世。

於是，我在書頁的空白處寫著：「驢學，應該用於形容——當然是用以諷刺啊——編寫字典的白癡！」

56 基督聖體節

我們從果園回來，在阿羅約的路上已經聽過三遍鐘聲，剛走進泉水街時，示知的青銅製的鐘又再次用它宏亮的聲音震撼整個白色村莊。爆竹的劈啪聲、火花竄升的鳴響，白天的黑煙，尖銳的金屬樂器聲，與鐘聲交織、迴響。

街道重新粉刷過石灰，畫上赭紅的邊框，白楊和莎草全都穿上了綠裝。家家戶戶的窗口懸掛的罩布閃閃發亮，有深石榴紅的錦緞花紋布、黃色細綿布，還有天藍色綢緞；至於守喪人家，則掛起雪白的羊毛織品配上黑緞帶。街角最後那戶人家的廊簷下，出現了緩緩行進、鏡子綴成的十字架，在夕陽的餘暉裡，細碎的鏡面映照出淌下粉紅燭淚的燭火。遊行隊伍緩緩走過。胭脂紅的旗幟下是聖洛克，滿懷環形麵包，是麵包師傅的守護者；淺青綠旗幟下是手持銀船的聖艾爾摩，水手的守護聖者；金黃旗幟下的是手提小牛軛的聖依西多祿，農民的守護聖者；接著是更多彩色的旗幟，更多聖者；然後是教導聖母的聖安娜，棕色衣服的聖若瑟，藍色衣服的無染原罪聖母……隊伍的最後，由國民警衛隊簇擁的銀製聖體龕，裝飾著成熟禾穗和翠綠色葡萄的精工雕鏤，在藍色的香霧繚繞裡緩緩前進。

暮色漸暗，響起了清澈、帶著安達魯西亞口音的拉丁文聖詠。此刻太陽已經變成玫瑰色，餘輝低斜射進里奧街，照在舊祭衣和披風繁複的金色花紋上。上面，緋紅鐘樓的周圍，平靜六月天裡的光滑蛋白石上方，鴿群在編織著高聳、雪白發光的花冠……

小普趁著某刻短暫的寂靜嘶叫起來。牠溫馴的嘶鳴加進了教堂鐘聲、爆竹、拉丁文和莫德斯多樂團的音樂之中，與這個日子融合成一股神祕；牠的叫聲使傲慢變得和順，使平凡化作神聖……。

57 散步

夏日，順著低窪的幽徑，兩旁掛滿嬌嫩的忍冬花，我們走得多麼舒暢！我朗讀、歌唱或對天空吟詩。小普小口地啃著圍牆陰影處的稀疏青草、蒙塵的錦葵花和黃花酢漿。牠停得多，走得少。我都隨牠……。

透過碩果累累、蓬勃盎然的杏樹仰望藍得不能更藍的天空，真令人心曠神怡。寂靜、炙熱的田野閃耀著光芒。無風的河面上，一片白色船帆恆常不動。密實的濃煙從火堆冒起，集結成團團黑雲往山丘飄去。

我們走得並不遠，但就像日復一日的人生中平靜而安詳的一天，而非什麼天堂的神聖榮耀；不是河川翻山越嶺才能到達大海的艱辛，也非那火焰的悲壯！

空氣中飄來桔樹的芳香，水車發出快活、清涼的嘎吱聲，小普雀躍地又跳又叫，多麼單純的日常樂趣！我從水塘裡裝滿一杯冬雪融化的水喝下。小普把嘴伸進陰影下的水面，忽左忽右地在幾處清澈的地方大口暢飲……。

58 鬥雞

我不知道該如何譬喻那種不適感，小普……國旗上刺眼的殷紅和金黃，卻不像飄揚在藍天下、海洋上的那麼有魅力……是啊，或許就像西班牙國旗飄揚在晴空下的鬥牛場——穆德哈爾式[23]的建築，跟目的地是塞維亞的威爾瓦車站一樣。令人反感的紅與黃，就好比加爾多斯[24]書中的內容、專賣店的廣告或描繪非洲戰爭的糟糕圖片使人不快……像是我每次看到精美紙牌上，烙在牧畜身上的金色印記圖案，香菸、葡萄乾盒子裡的圖畫，酒瓶上的標籤，港口學校的獎狀，巧克力的花紋……都讓我感到抵觸。

我為什麼會去那裡？又是誰帶我去的？就像是寒冬裡的烈日、莫德斯多樂團中

23 **mudéjar**，指的是西班牙復國運動之後未曾離開、但也未改信天主的安達魯西亞的穆斯林。此外，這個詞也可以指結合了穆斯林和基督教建築風格的穆德哈爾建築。

24 **Benito Pérez Galdós**（1843~1920），西班牙小說家、劇作家、編年史家和政治家。他被認為是十九世紀寫實小說的最佳代表，他改變了當時的西班牙小說場景，脫離潮流浪漫主義，追求自然主義，並賦予敘事極大的表達力和心理深度。

的短號，那麼突兀、格格不入。空氣中飄著新酒的臭酸味、臘腸被分解的腐臭和香菸的氣味……在場的有議員、市長和利德里——威爾瓦有名的粗壯鬥牛士……。綠色的鬥雞場小小的；圍成一圈的木製圍欄擋住了一張張爭先恐後的充血臉孔——漲紅得像馬車上的牛內臟或剛宰殺的豬肉，這些人從眼神中表達出燥熱、醉意和卑劣的內心衝動，造成過多肢體、肥肉的擦撞。他們好像用眼睛吶喊尖叫……。天氣真的很熱，所有人全都擠成一團——困在這個小小的鬥雞世界裡！高掛的陽光普照，鬥雞場的視野像是塊混濁的玻璃，青色的煙霧繚繞不散。可憐的英國公雞，兩朵洋紅色的錦簇卻惡狠狠、怒沖沖地互相撕打、戳眼窩子，兩邊都跳得老高，用爪子——雞腳蹬上被裝上人類惡意的刺激，有如劍上的淬毒——想將對方澈底大卸八塊。周圍的人群一聲不吭，也沒在看，甚至好像神遊太虛去了……。

而我，又為什麼會待在那裡？情緒還如此糟糕？我也不知道……我時不時地用緬懷的目光望著一塊在空中顫抖的撕裂了的厚布，我覺得那好像是來自河口區的一艘船的帆，是一棵健壯的橙樹，滿樹白花，在外頭無暇的陽光下，散發著陣陣香氣……多麼美妙啊——連我的靈魂也充滿芬芳——這開滿花的橙樹，這純淨的風，這高照的太陽！

……可是，我卻沒有離開……。

59 黃昏

疲倦的夕陽平靜地從村子裡遁隱而去，猜想遠方的世界，胡思亂想一些鮮為人知的事，多麼詩情畫意！一種迷人的魔力籠罩整個村莊，猶如被釘在悠長哀切的十字架上。

涼爽的星空下，充滿飽滿穀粒的乾淨香氣，曬穀場上隱約有幾堆柔軟、金黃的小山——啊！所羅門！還在幹活的人們在昏昏欲睡的倦意中低聲哼唱。寡婦們坐在門口，思念死去的親人——他們就長眠在附近，就在畜欄後面。孩童們從這片陰影跑到另一片陰影，就好像小鳥從這棵樹飛到那棵樹上……。

天色漸暗，煤油街燈的光影之間，幽光徘徊在陋屋的石灰白牆上，經過一些看起來蓬頭垢面、沉默又悲傷的模糊側影——新來的乞丐、偶爾會小摸小偷的葡萄牙人，或許還有小偷——淡紫色的暮色緩慢且神祕地投射在熟悉的景物上，氣氛安詳，與陰森可怕的黑影形成鮮明的對比……孩子們都遠離那些幽暗的大門，回家了，免得像一些大人說的「把孩子們做成膏藥拿去給國王的女兒治肺癆」……。

60 印章

那東西做得像一塊錶，小普。把小銀盒打開就出現了，緊貼著飽含紫色墨水的布料，好像小鳥窩在巢裡。真是令人開心！只要往白裡透紅的小手心按一下子，我手上就會出現字樣：

佛朗西斯哥．盧伊斯

★莫格爾★

我連作夢都想著它！我在唐卡洛斯學校的朋友的那顆印章！有次在家中樓上的舊辦公桌裡，找到一套小巧的活字印具，我試著湊出自己的姓名圖章。可惜成效不佳，因為總是印得不好。不像那顆印章，能夠在書本、牆壁、皮膚上輕易地到處蓋出清晰的字跡：

佛朗西斯哥．盧伊斯

★莫格爾★

某天，有個賣文具的貨郎，跟著塞維亞來的銀匠阿利亞斯一同來到我家。一排排的尺、圓規、各種顏色的墨水，還有印章，多麼令人心馳神往啊！各種樣式、尺寸都有。我打破撲滿，用找到的一枚小銀幣預定刻有我姓名和村名的印章。那是多麼漫長的一個星期啊！每當郵車到的時候，我的心就會狂跳！而郵差的腳步在雨中離去時，我滿身大汗，傷心不已！終於，郵差總算在某個晚上把印章帶來了。那是個複雜的小裝置，有鉛筆、鋼筆、封蠟的縮寫字母章，多到我都不知道還有什麼了！一按機關，就出現一個剛做好、嶄新的印章。

家裡還有什麼沒蓋過章的？還有什麼東西不是我的？如果別人要借用一下，「小心點哪！會磨平啦！」擔心得要命！第二天我興沖沖、急急忙忙把什麼都帶到學校去：書本、襯衫、帽子、靴子，甚至連雙手都印上：

胡安·拉蒙·希梅內思

★ 莫格爾 ★

61 狗媽媽

我跟你說過的那隻母狗，小普，就是神槍手羅巴多養的那隻。你和牠很熟的，我們去亞諾斯的路上常常遇見牠……你想起來了嗎？牠全身金白相間的毛色像是五月多雲的晚霞。牠生了四隻小狗，賣牛奶的莎露把小狗都帶回她在馬德雷的小屋裡，因為她有一個孩子性命垂危，路易士要她煮小狗肉湯給他吃。你也很清楚從羅巴多家穿過達布拉斯通道，再到馬德雷的那座橋有多遠……。

小普，大家說那隻母狗整天像瘋了一樣進進出出，一會兒在馬路上到處張望，一下子爬上柵欄，還對人嗅個不停……晚禱的時候，還看見牠守在歐諾斯那個守衛的小屋旁，站在煤袋堆上對著落日哀嚎。

你也知道從中央街到達布拉斯通道有多遠……狗媽媽竟然在黑夜裡來回了四趟，小普，每一趟都銜回一隻小狗。羅巴多天亮時一打開大門，就看見狗媽媽躺在門檻上溫柔地凝望著他，四隻小狗巍巍顫顫、不靈活地吸吮媽媽飽滿、粉紅色的乳頭。

62 她和我們

小普，可能她正要離開——去哪裡呢——坐在那輛烈日下的黑色火車裡，沿著墊高的鐵軌，俐落地穿破層層白雲，向北方疾馳而去。

我則是和你一起，站在下方搖曳起伏的金黃麥田裡，那裡灑遍了艷紅如鮮血的罌粟花瓣，七月使花萼縮成了像是灰燼做的王冠。那一陣陣淺藍的蒸氣煙霧——你還記得嗎——使太陽與花朵蒙上短暫的陰影，轉瞬間又飄向虛無……。

轉瞬即逝的金髮，頭戴黑紗！這幕鑲在飛駛而去的火車小窗格裡，彷彿是幅虛幻的畫。

或許她在想：「不知道那個穿喪服的男人和銀白色的小驢子是誰啊？」

不是我們又會是誰呢……不是嗎，小普？

63 麻雀

聖雅各日的早晨，天空壟罩著白色和灰色的雲霧，好像塞滿棉花似的。大家都望彌撒去了。花園裡只剩下麻雀、小普和我自己。

多少麻雀啊！團團雲層偶爾會滴點細雨；牠們在藤蔓間鑽進鑽出，吱吱喳喳地吵鬧，互相啄弄著鳥喙！有隻停落在枝頭又飛走了，留下了顫動的樹枝；另一隻在井欄邊的小水窪，喝了幾口倒映的天空；還有一隻跳上滿是花朵遮陽棚的小屋頂上，整片原本快枯萎的花朵，因為陰暗的天色而恢復些生機。

幸福的鳥兒，沒有固定的節日！牠們可是享有天生、真正的自由，鐘聲對牠們而言毫無意義，也許頂多是模糊的歡樂氣氛吧。牠們總是歡欣鼓舞，沒有難以避免的負擔，沒有天堂的狂喜，也沒有地獄的恐懼，不像可憐的人類總是被牽制、束縛；牠們有自己的道德標準，牠們的上帝就是藍色的天空；牠們是我的兄弟，我親愛的兄弟。

麻雀去旅行不需帶錢也不用行李；心血來潮時可以想搬家就搬家；當它們感受

到有溪流或覺得哪裡有樹叢，只需展開翅膀就能抵達幸福；它們不用知道哪天是星期一，何時又是星期六；在任何時候、任何地方都可以洗澡；牠們也施愛，無名的愛，而且遍布全世界。

每個星期天，大家都關起大門去望彌撒時——真是可憐的人類——牠們倒是立了個歡樂榜樣，展現出什麼是不用儀式的愛；突如其來地飛到這家大門緊閉的花園裡，帶來清新、活潑的喧嚣。這裡有個牠們熟識的詩人，和一隻溫柔的小驢子——「你要跟我們一起嗎？」——正在友愛地望著牠們。

64 弗拉斯可．維雷斯

今天不能出門，小普。我剛剛才在艾斯克利巴諾小廣場上看到市長的公告：

「所有通行於崇高的莫格爾城市之犬隻，若無配戴應有之嘴套，將會被我授權之警力射殺。」

小普，這意味著村子裡有瘋狗。昨晚我已經在蒙都里奧、卡斯提約和德拉斯穆羅聽到接二連三的槍聲，出自「市政警衛夜間巡邏機動隊」——這又是另一項弗拉斯可．維雷斯的德政。

羅莉雅那個傻子，四處對著別人家的門、窗大喊，說根本沒有什麼瘋狗，我們的現任市長跟那個前任市長瓦斯科一樣，都是在裝神弄鬼嚇唬人，目的是想用槍聲把人都嚇跑，這樣他就能大搖大擺地運送他用龍舌蘭和無花果釀的烈酒。但……如果是真的呢？你要是真的被瘋狗咬到怎麼辦？我想都不敢想呀，小普！

65 夏天

小普被馬蠅叮了，流下紫紅、粘稠的血。蟬藏在一棵松樹上叫得沒完沒了。我從片刻的沉睡中醒來，一睜開眼就看見原本黃沙漫漫的風景變得白晃晃一片，有如炙熱中冒著陰森森的寒煙。

低矮的岩薔薇叢上，星羅棋布地開著朦朧的大花，有如煙霧、輕紗、薄棉紙做成的花朵，每朵都帶著四滴洋紅的淚珠；令人窒息的煙靄壟罩著扁平的松樹。一隻以前從來沒見過，黃底黑斑的小鳥，悶不吭聲地停在樹枝上，似乎打算待到地老天荒。

果園的守衛敲打黃銅，想嚇走從天而降、成群結隊來吃柳橙的灰喜鵲……當我們到了大胡桃樹的樹蔭下，我劈了兩個西瓜，在悠長、清脆的破裂聲中，露出如霜花般鮮紅和粉紅的瓜肉。我慢悠悠地吃著自己的那一份，聽著遠處村莊傳來的晚禱鐘聲。小普把牠那份甜蜜的果肉像水一樣喝掉。

66 山上的火災

沉重的鐘聲！……三下……四下……是火災！

我們放下晚餐，在一片吵雜聲中，忐忑不安又沉默地從狹窄、漆黑的小木梯爬上頂樓天台。

「是盧塞納那邊！」我們還沒來得及爬上去，已經在上面的安妮雅就往木梯下喊。噹！噹！噹！噹！噹！到了戶外——可以喘口氣了——猛烈撞擊的鐘響敲打著耳膜，揪緊了心臟。

「不得了……不得了……一片火海啊……」

在漆黑松林形成的地平線上，能清楚看見遠處鋸齒狀火焰的輪廓，交織成黑與紅的琺瑯，就像科西莫[25]的那幅描繪狩獵的作品，只用了紅、黑以及純白色畫成火焰。火海有時火光沖天，有時又會從艷紅變成像是新月的粉紅……八月的夜晚孤高

25 Piero di Cosimo（1462～1522），文藝復興時期畫家，以怪誕畫風聞名。

幽寂，火焰似乎打算停佇不移，變成夜裡永恆的存在……流星劃過了半個天空，消逝在蒙哈斯的藍色夜空之中……我孤身一人，只有自己。

小普在下方的畜欄嘶鳴一聲，把我帶回了現實……所有的人都下去了……已經快到了採收葡萄的季節，微涼的夜裡，我感到一股寒意，好像剛才與我擦身而過的，是那個我小時候認為他是放火燒山的男人，感覺有點像老年版的鄰居「公雞貝貝」——貝貝可是莫格爾的奧斯卡．王爾德，一頭深色的頭髮夾雜著捲翹的白髮，身材像女人似的圓潤豐滿，愛穿黑色上衣和棕白相間的大格子長褲，口袋還裝滿來自直布羅陀的長火柴……。

67 溪流

小普，沿著這條溪流——現在已經乾涸了——可以走到駿馬牧場。在我發黃的舊書裡，有時它還是原來的樣子，旁邊汙水井的草地上，罌粟花被烈日曬得懨懨，滿地都是掉落的杏桃；不過有時候我卻覺得它搬到很遙遠的地方，可能從未存在過，只是我的臆測罷了。

這條溪流使我童年的幻想時光閃爍著歡樂，就像是陽光下飛舞的種子冠毛，找到新領地時的驚喜。

當我發現這條亞諾斯的溪流，竟然是聖安東尼奧的小徑上，那片鳥兒歡鳴的白楊樹林中的溪流分支；每逢夏季，沿著乾涸的河床就可以走到這裡；冬天時，在白楊樹林那裡放下一艘軟木小船，船會順著水流飄到安古斯蒂亞橋下的這些石榴樹旁——這裡也是每當公牛群經過時，我最好的藏身之處……。

小時候的這些異想天開多棒啊！小普，我不知道你可曾有過這種幻想！所有天馬行空的想像來來去去，愉快地交錯、變化；影像好像會從眼前浮現，但其實又什麼都沒看見，更像是一閃即逝的虛幻畫面……

彷彿視線朦朧不清地行走著，望著內心也看著外界，偶爾在靈魂的陰影中傾瀉出無數的生活影像；或是猶如將一朵綻放在陽光下的真實的鮮花，放在真正的岸邊，那是照亮靈魂的詩歌，一去不復返。

68 星期天

召集的小鐘噹噹作響，忽近忽遠，迴盪在這節日早晨清澈如水晶的藍天。如花朵綻放的歡樂音符，猶如金粉般灑落在原本萎靡的田野。

所有的人，就連守衛，都到鎮上觀看遊行了。只有我和小普沒去。多麼安寧！多麼清靜！多麼舒適！我把小普留在草原高處，自己躺在一棵佇滿不肯離去的鳥兒的松樹下看書。奧瑪．珈音[26]……。

在兩聲鐘鳴之間的寧靜裡，可以感受到九月早晨那股內在的沸騰有了樣貌和聲音。烏金色的黃蜂，在藤蔓間迴旋飛舞；藤架上掛滿串串飽滿的麝香葡萄；蝴蝶在花叢中翩舞起落，讓人分不清是花還是蝶，似乎每次起飛都會重新蛻變色彩。孤獨有如一道巨大的思想之光。

有時，小普會停止吃草，望著我……我也不時停止閱讀，看看小普……。

---

26 **Omar Khayam**（1048~1131），波斯詩人、天文學家、數學家。除無數天文圖譜以及一部代數學論文之外，還留有名著《魯拜集》。

69 蟋蟀的歌聲

小普和我在夜晚漫步，對蟋蟀的歌聲早就很熟悉了。

黃昏時，蟋蟀的第一首歌聽起來猶豫、低沉而生澀。但牠變換聲調，自己摸索學習，漸漸上升到最和諧的高音，彷彿在找尋最合適此時此地的調子。當繁星出現在透明的綠色天空，歌聲霎時變得如流暢的銀鈴，悅耳甜美。

清涼的紫色微風蕩漾；夜間的花朵已全都綻放，跟夜空分不清界線的深藍、淺藍、土色草原上，瀰漫著一股聖潔的濃香。蟋蟀的歌聲激動了起來，響遍整片田野，有如陰影之聲。歌聲不再猶豫、也不再間斷，彷彿自然流露，每個音符都和下個音符配對成雙，連成一串幽暗的水晶。

時間寧靜流逝。世界上沒有戰爭，酣睡的農民在夢中仰望著遙遠的天空。可能是愛情，讓圍牆上的藤蔓含情脈脈地對視。豆田向村鎮飄送溫柔芬芳的訊息，像是無拘無束的青春，坦率又毫無保留。麥浪在綠色月光下搖曳，對著凌晨兩點鐘、三點鐘、四點鐘的風嘆息……蟋蟀的歌聲響太久了，反而使人忽略……。

在這裡！黎明時分的蟋蟀歌聲呀，此時小音和我正走在布滿白色露珠的小徑，冷得直發抖，要回家睡覺了！歌聲斟飲了月光，酣飲了星辰，浪漫、神祕、豐盈。此時大片的愁雲，鑲著紫藍色的邊，緩緩地把白晝從海裡拉起來……。

70 鬥牛

我敢說你一定不知道那些孩子來幹什麼，小普。他們是來問我今天下午可不可以讓他們帶你一起去討牛欄的鑰匙。不過你不用擔心。我已經跟他們說，連想都不用想。

他們都瘋了，小普！整個小鎮都因為這場鬥牛而騷動。樂隊一大早就在酒館前吹吹打打，現在已經破碎又不成調。整條新街從上到下，車水馬龍，來往不息。街後的小巷子正為鬥牛陣隊準備著「金絲雀號」，就是小孩子特別喜歡的黃色馬車。庭院裡的鮮花全被摘個精光，一朵不剩，準備獻給主席台上的仕女。年輕的小夥子們戴著寬邊帽，穿著襯衫，嘴裡叼著雪茄，笨拙地在街上走著，全身散發出馬廄和烈酒的氣味，看著真叫人難過……。

差不多兩點鐘了，小普，在這豔陽高照的獨處時刻，這整天裡唯一明亮的空檔，鬥牛士和仕女都還在著裝準備，我們倆跟去年一樣，走後門出去，沿著小巷到田野去吧！

慶典的這幾天裡，被眾人遺棄的田野可真是美麗！葡萄園和菜圃裡，隱約有一位老先生的身影，彎腰俯瞰著葡萄藤或清澈的溪水……遠處，升起群眾的喧嘩、掌聲、鬥牛場的音樂……猶如在小鎮上空匯集成一頂粗鄙的頭冠，可是一旦我們寧靜地走向大海，這些煩囂就都消失在身後……小普，靈魂必須真誠地為偉大而完美的大自然而感動，只有致上謙卑的崇敬，大自然才願意把自己輝煌和永恆的美，展現給值得她眷顧的人。

71 暴風雨

恐懼。屏息。冷汗。可怕的低垂天空，讓黎明窒息。（而且無處可逃。）寂靜……愛中斷了。罪惡在顫抖。悔恨閉上雙眼。更加寂靜……。

雷聲，沉悶、轟響、沒完沒了，像打不完的哈欠，又像巨石般的龐然大物，從天頂墜落到城鎮上，在這無人的早晨不斷滾動。（而且逃無可逃。）一切的嬌弱——花朵和小鳥——都從生命中消失了。

恐懼從半掩的窗偷窺在閃現光線中悲切露臉的上帝。東邊，雲堆的裂縫裡，泛出幾抹淒涼、混濁、寒冷的淡紫和玫瑰紅，趕不走黑暗。像是四點鐘班次的六點鐘的車停在街角，傾盆大雨之中聽見車夫為了壯膽而高歌。隨即，一輛採收葡萄的空車疾駛而過。

晚禱鐘聲！有力的鐘響無人理會，在陣陣雷鳴間哭泣。莫非這是世上最後的晚禱鐘？

但願鐘聲快停，要不然就敲得更響，響徹雲霄，蓋過這場暴風雨。別像這樣邊徘徊邊哭泣，卻不知道要的是什麼……。

（無處可逃。）心臟都嚇得僵硬。各處傳來孩子的喊叫……。

「小普不知道怎麼樣了？牠可是孤零零地留在畜欄裡簡陋的圈舍裡。」

72 葡萄收穫季

小普，今年來載葡萄的驢子還真是少啊！招貼紙上的大字寫著：六個銀幣，也都沒用。是到哪裡去了呢？那些從盧塞納、阿爾蒙德、巴羅斯來的驢子呢？牠們像你一樣馱著液態黃金，如血液般飽滿、流動；那些一小時又一小時地等待，成群地等著到壓葡萄的作坊卸貨的隊伍呢？葡萄汁流了滿街，婦人和孩子都拿著罐子、甕、瓶子來盛裝⋯⋯。

那時候這些酒坊多熱鬧啊，小普，尤其是迪耶斯摩酒坊！那棵幾乎壓著屋頂的大核桃樹下，釀酒工人邊刷洗酒桶，邊用清新、宏亮、鏗鏘有力的聲調唱歌；釀酒師光著腿，手提裝著色澤深淺不一汁液的罐子——有的是葡萄汁，有的卻烏黑如公牛血——還冒著鮮活的泡沫；後頭的棚架下，桶匠敲敲打打，發出渾厚的空響，周圍滿是乾淨芳香的木屑⋯⋯。我騎在上將的背上，從這個門進、另個門出——兩扇歡快的門相對著，互相給予生命與光線的印記——我可以感受到釀酒工人的熱情⋯⋯。

二十個榨汁機不分晝夜地趕工。多麼瘋狂，又是多麼眼花撩亂，充滿熾熱的樂觀！但是今年，小普，所有榨汁房的窗戶都封死了，只用院子裡的那個榨汁機和兩、三個工人都還綽綽有餘呢。

現在，小普，你該動一動了，總不能老是無所事事！

……別的驢子背上馱著重擔，一直看著自由、悠閒的小普；為了不讓牠們討厭小普，或覺得牠不好，我帶著牠去鄰近的曬穀場，給牠背上葡萄，慢悠悠地經過驢群，走到榨汁坊去……然後我就偷偷地將牠帶走……。

73 夜

過節的村鎮，燈火映紅了天空，憂悶、懷舊的華爾滋乘著和風飄來。關閉的鐘樓，在漫天徘徊的羅蘭紫、深藍和麥黃的光暈中，顯得灰白、沉默而堅固……郊野陰暗的酒坊後面，只有一輪昏昏欲睡的黃月低垂，籠罩著河面。

田野間只有樹和樹影。蟋蟀斷斷續續地歌唱，隱密的水域夢囈低語，潮濕又溫柔，彷彿星星融化在水裡……小普在圈舍的暖意裡感傷地嘶鳴。

那山羊一定醒著。牠的鈴鐺先是響個不停，隨後變得柔和，最後終於靜了下來……。

遠處，在蒙特馬約那個方向，傳來另一頭驢子的嘶鳴……接著，在巴耶暉羅那邊也傳來一聲驢叫……有隻狗在吠……。

這夜晚多麼明亮，花園裡花朵的顏色猶如在白晝般清晰可辨。泉水街街尾那間房子前，暗紅、搖曳的街燈下，有個孤零零的身影轉過街角……是我嗎？不，我可是身在匯聚了明月、丁香、微風、影子所交會出芬芳的淺藍、金色、掠影浮光之處，傾聽著自己深沉、獨特的心聲……。
大地在轉動著，那麼辛勤，那麼柔和……。

74 薩利多

葡萄收穫季的某個昏暗的下午，我正在小溪旁的葡萄園，幾個婦人說有個小黑人找我。

我走向曬穀場，他已經從小徑走下來。

「薩利多！」

是薩利多，我波多黎各女友羅莎莉娜的僕人，逃出塞維亞就為了能到村鎮上鬥牛。他餓著肚子、身無分文地從聶布拉徒步走來時，只有艷紅如血的鬥牛士披風還搭在肩上。

採葡萄的工人斜眼瞄著他，掩飾不住一臉的鄙夷。婦人們看見了男人的態度如此，也跟著避開他。他剛才經過榨汁坊時已經和人先打了一架，還被那個男孩咬破了一邊耳朵。

我對著他笑了笑，親切地與他交談。薩利多不敢輕撫我表示溫暖親暱，只好去撫摸小普——牠正走來走去邊吃著葡萄，時不時對我投以優雅的一眼……。

75 午睡

當我在無花果樹下醒來的時候，黃昏的陽光已近乎蒼白，給人一種淒愴的美感。

岩薔薇讓乾燥的微風充滿香氣，輕拂過我剛醒來、汗涔涔的身體。溫和的老樹微微搖動著它的闊葉，我一下子被影子遮罩，一下子又被陽光照得睜不開眼。我覺得好像置身於緩緩搖晃的搖籃裡，從陽光晃到陰影，又從陰影晃到陽光。

遠處，空曠的村子裡，三點鐘整的晚禱鐘聲，像是激起空氣中陣陣透明波浪。小普偷了我一個紅瓤、甜鮮的大西瓜，聽到鐘響，站著動也不動，睜著猶疑的大眼看著我，一隻黏膩的綠色蒼蠅還在牠的眼邊緩緩移動著。

看著牠疲憊的雙眼，我的眼皮又變重了……微風往復，彷彿正要展翅飛翔的蝴蝶，倏地收合了翅膀……收合翅膀……有如我不住下垂的眼皮，一下子就要闔上了。

76 煙火

九月節慶的夜晚，我們到農舍後面的山丘上，感受村莊熱鬧的氣氛，池畔的夜來香散發出幽靜的芬芳。葡萄園的老守衛比奧薩醉倒在曬穀場地上，朝向月亮，陸續吹了好幾個小時的海螺。

時候不早了，煙火正在燃放。先是小小的幾聲悶響；接著，俐落的火箭在天空爆開一聲嘆息，彷彿一隻星形的眼睛，俯視變幻著紅、紫、藍色彩光的田野；有些煙火散落的光燦，有如少女俯伏的裸背，又像株血色的柳樹滴灑朵朵火光之花。啊，太美了！發光的孔雀！夜空中燦爛的玫瑰花叢！翱翔在星辰的花園中的火雉雞。

每次爆炸聲響都把小普嚇得發抖，天空驟然閃亮，照得牠忽藍、忽紫、忽紅；在明滅變幻的光芒裡，牠在山丘上的影子不時地變大縮小，我可以看見牠烏黑的大眼不安地看向我。

最後的壓軸時刻，遠處的村莊響起一陣喧騰，城堡上空一頂金冠飛旋升起，震耳欲聾的轟隆聲使得婦女都閉上眼睛摀住耳朵。小普朝葡萄藤逃竄而去，彷彿靈魂著了魔，對著隱沒在黑影裡的平靜松林瘋狂地嘶鳴。

77 果園

既然我們都來到了首都，我想帶小普去看看維果果園……。我們慢悠悠地走到了位在涼爽宜人的相思樹、英桐樹蔭下的籬笆，樹上依然結實纍纍。小普的腳步聲在大塊石步道磚上迴盪；地上一截水窪映出一片藍天，另一截鋪滿白色的落花，散發出幽微的甜香。

攀在籬笆上青翠的長春藤不斷滴水，浸濕整片花園，多麼涼爽、芬芳啊！孩子們在裡面玩耍，撲騰出一陣白色紛飛；一輛插著紫色小旗子、有著綠色小遮陽棚的嬰兒車叮叮噹噹地經過；賣榛果的小船上布滿暗紅和金色的裝飾，掛著成串花生的繩索，煙囪還冒著煙；賣氣球的女孩，手拿著整束數目可觀、飄動的藍、綠、紅色氣球；賣蛋捲的帶著他的紅色鐵桶，筋疲力盡……。參天的鮮綠樹葉已經開始秋黃，只有柏樹和棕櫚青翠依舊，更能襯托已經在玫瑰色薄雲間發光的黃月……。

到了門口，當我正要進果園時，身穿藍色制服的守門人拿著黃色手杖，掛著大銀錶，對我說：

「先省，驢子不能進去。」

「驢子？什麼驢子？」我問他。我凝望著小普，目光透視到牠的內在，顯然忘了牠那動物的外貌……。

「還能有啥麼驢子啊，先省；還能有啥麼驢呀……！」

所以呢，既然小普因為是頭驢所以「不能進去」，而我身為人，可以「不要進去」。我與牠再度啟程。沿著籬笆向上走，邊輕撫著牠邊告訴牠別的事情……。

78 月亮

小普剛喝下兩桶從畜欄的井汲的星光蕩漾的水，然後心不在焉地慢慢穿過高高的向日葵，回到自己的圈舍裡。我靠在門邊的白石灰牆上等牠，四周充滿天芥菜花溫暖的芬芳。

九月的涼風潤澤了屋頂上的瓦片，遠方沉睡的田野吹來濃郁的松林氣息。一朵大烏雲猶如下金蛋的巨大母雞，把月亮產在山丘上。

我對著月亮說：

……但是

天上只有一個月亮，

從未墜落，除非在夢中[27]。

27 原文是義大利文。義大利詩人賈科莫．萊奧帕爾迪（Giacomo Leopardi）的作品Canti，第XXXVII篇的MELISSO片段。

小普目不轉睛地望著月亮，搖動一只耳朵，發出扎實卻輕柔的聲響。然後又驚訝地看著我，搖起另一只。

79 歡樂

小普在和新月般美麗的白狗黛安娜、灰色的老山羊及孩子們玩耍。

黛安娜在小驢前面敏捷而優雅地跳躍，假裝咬牠的鼻子，小鈴鐺叮鈴作響。而小普豎立的耳朵，就像一對龍舌蘭葉般長而尖的角，回以輕柔的反擊，使黛安娜在鮮花盛開的草地上翻滾。

山羊也跟在小普身邊摩擦牠的腿，用牙齒扯牠馱架上的香蒲尾端。山羊嘴裡叼著一朵石竹或雛菊，跑到小普前面撞了一下牠的額頭，然後就蹦蹦跳跳，高興地咩咩叫，像女人一樣撒嬌。

在孩子堆裡，小普就像玩具。牠對他們的撒野玩鬧可真有耐心啊！牠走得這麼慢，時不時停下來，裝呆作傻地就怕孩子們摔下來！有時又忽然假裝起步要跑的樣子，嚇得他們驚慌失措！

莫格爾秋日的午後多麼晴朗！十月純淨空氣的打磨使聲音更加清晰，山谷裡傳來歡樂的田園詩歌，有羊咩咩叫、驢嘶鳴、孩童的嘻笑、狗吠和鈴鐺聲……。

80 過境野鴨

我提水餵小普。寧靜的夜晚滿是星星和些許浮雲，悄然寂靜的畜欄裡，可以聽見哨音般的啼鳴接連從空中掠過。

那是野鴨，為了躲避海上的暴風雨，正往內陸飛行。有時甚至聽得到它們振翅拍打或喙摩擦所發出的細微聲響，彷彿是我們升上天空或是它們下降，在田野間能清晰地聽見遠處的話語……。

在這趟為時已久、永無止境的飛行中，叫聲不絕於耳。

小普有時會停止喝水，像我一樣抬起頭，也像米勒[28]畫作中的女人，滿懷婉約鄉愁的地望著星空……。

28 Jean-François Millet（1814~1875），法國巴比松派畫家，以寫實的鄉村風俗畫聞名。著名作品有《拾穗》、《晚禱》等。

81 小女孩

那個小女孩是小普的開心果。每當看到她從丁香花叢朝牠走來，身穿白色的小洋裝，頭戴草帽，用嬌滴滴的聲音叫著「小普！小普普！」那頭笨驢就想掙脫韁繩，像個小男孩似地活蹦亂跳，高聲狂叫。

她毫無顧忌地在小普肚皮下鑽來鑽去，用腳丫子蹬牠，把夜來香般潔白的小手放進豎滿大黃牙的粉紅大嘴裡；有時牠會低下頭讓小女孩抓牠的耳朵，而她會把牠的名字變化成各種可愛的暱稱：

「小普！大普！小普普！好普普！壞普普！」

在小女孩躺在雪白的小床上，沿著生命的河流航向死亡的漫長日子裡，誰也沒有想到小普，可是她卻在夢囈中痛苦地叫著：「小普普！……」從那充滿嘆息的陰暗房間內，有時也聽得見她朋友在遠處悲愁地嘶鳴！唉，多憂鬱的夏天！

在午後的葬禮上，上帝賜給你無比的光輝！九月的玫瑰與黃金──有如此刻──已近尾聲。鐘聲在墓園裡迴盪，開闊的暮色中，那是通往榮耀的道路！我獨自沿著矮圍牆沮喪地回家，從圈舍的門走進家門，避開人群去了廄棚，坐下來跟小普一起沉思默念。

82 牧童

深紫色的向晚時分，把山丘慢慢變得幽暗恐怖，牧童在暮色的綠水晶映襯下身影如墨，在閃爍的金星下吹著短笛。花叢在此刻已無法辨識，香氣卻更顯濃郁，而這股濃烈的芬芳讓它們在陰影中再度有了形體。羊群清脆悅耳的鈴鐺聲與花香交匯融合，時響時停，羊兒此刻還分散在牠們熟悉的村莊入口處。

「先森，奴果那驢子是窩的……」

朦朧之際，男孩顯得更黝黑、更富田園氣息；他靈動的雙眼可以捕捉任何稍縱即逝的光彩，就像牟里羅[29]——優秀的塞維利亞派畫家——所描繪的那幅年輕的乞丐。

我願意把驢子給他的……但是沒有你，小普，我該怎麼辦呢？

蒙特馬約修道院的天空升起一輪明月，月光輕柔地瀉向草地，那裡還有朦朧微

29 Bartolomé Esteban Murillo（1618~1682），巴洛克時期的西班牙畫家。

弱的日光流連不去；開滿花的大地如夢似幻，像是無法形容的某種樸質而美麗的花邊；岩石變得更巨大、更險峻、更憂傷；隱而不見的小溪，流水如訴如泣……。

牧童忌妒的喊叫聲已經離得很遠：

「啊！要伺那驢子是窩的就好了呀……」

83 金絲雀之死

你知道嗎，小普，孩子們的金絲雀今天早晨在銀絲籠子裡死了。這隻可憐的鳥兒真的很老了……你應該還記得，去年整個冬天牠老是悶不吭聲地把頭埋在羽翼下；而一到春天，當陽光把莊園變成一座花園，庭院中綻放出最美麗的玫瑰，牠也想點綴這生氣勃勃的生活，便唱起歌來；但是牠的歌聲已經沙啞，氣喘咻咻地像是破裂的笛子。

平常照顧牠的那個年紀最大的孩子，看到牠僵硬地躺在籠子底，急得哭著說：

「可似牠什麼都不缺啊，有飯也有水啊！」

沒錯，牠什麼都不缺，小普。坎波阿莫[30]一定會說「牠就只是死了」，像是另一隻老金絲雀那樣……。

小普，你覺得會有小鳥的天堂嗎？蔚藍的天空上，是否有座翠綠的花園，開滿

30 **Ramón de Campoamor**（1817~1901），西班牙詩人。

金色的玫瑰，裡面都是白、黃、粉紅、淺藍色鳥兒的靈魂？

聽著：到了晚上，孩子們、你和我，我們一起把死去的鳥兒帶到花園裡。現在是滿月，在悽悽的銀光裡，可憐的歌唱家躺在布蘭卡潔白的手中，像淡黃百合花枯萎的花瓣。我們就將牠埋葬在那整片的玫瑰花叢下。

到了春天的時候，小普，我們一定會看到這隻鳥從一朵白玫瑰的花蕊中飛出來，芬芳的空氣也會化為美妙悅耳的鳴啼；四月的陽光裡，會有看不見的翅膀迷人地飛舞，並用純金清脆的顫音歌唱。

84 山丘

小普，你從來沒看過我這樣浪漫而典雅地躺在山丘上吧？……牛群、狗兒、烏鴉經過我身邊，我卻動也不動，甚至連看都沒看一眼。當夜晚降臨，直到天色全黑，影子要我走時我才會離去。我也記不清第一次去那裡是什麼時候的事，我甚至懷疑我到底有沒有在那裡待過。你知道我指的是哪座山丘，就是在可巴諾的老葡萄園上面，像一對男女的軀幹那樣矗立著的紅色山丘。

在那裡，我讀過所有我讀過的書，思考過我所有的思想。在每個博物館裡，我看見我為我自己繪製的畫像：我穿得一身黑，躺在沙灘上，背對著我自己——應該是說背對著你，或任何看畫的人——我的思想在眼睛和夕陽之間自由馳騁。

松林裡的房子傳出喊叫聲，叫我去吃飯或是睡覺。我想我會去的，但不曉得會不會留在那裡。不過我可以確定的是，小普，現在我不在這裡和你一起，也不在其他可能出現的地方，甚至也不在死亡的墳墓裡；我在那紅色山丘上，既典雅又浪漫，手裡拿了本書，凝視著夕陽在河面往下墜……。

85 秋天

小普，太陽已經開始懶得離開他的床單了，農民可比它起得早多了。不過也難怪，它光著身子，天氣還涼颼颼的。

北風吹得真猛烈！你看掉在地上的小樹枝，被呼嘯的狂風吹得排排站似的，一致朝向南邊。

犁就像是粗笨的戰爭武器，小普，在和平快樂之中耕耘。寬闊潮濕的小路邊，樹上的黃葉飄零，像是明亮的金色篝火，淡淡地映照我們倆的疾步快行，到了來春，將又是一片碧綠。

86 被拴住的狗

每當入秋，小普，我就覺得這個季節真像隻被拴住的狗。當下午天氣漸漸蕭瑟轉涼，它就開始在畜欄、庭院或花園中，孤寂地拖著長音哀吠……在這些四周鋪滿黃葉的日子裡，小普，我聽見這隻被拴住的狗對著夕陽嗚咽……。

沒有什麼比這哀吠更使我感到悲切的哀歌了。有一種此刻生活中所有燦爛的黃金全部凋零，彷彿守財奴破產後，痛惜著僅存的一枚金幣的心情。而所剩無幾的黃金被靈魂貪婪地收藏，並且四處投放，就像孩子們用一面小鏡子將陽光映在陰暗的牆上，將蝴蝶和枯葉融合成一幅影像。

麻雀和烏鶇在橙樹和相思樹的枝枒間，隨著日頭上升而越跳越高。太陽轉為玫瑰色，隨後又變成暗紫……美麗的景色就在心跳間歇、轉瞬即逝的那個剎那成為永恆，彷彿為了求得永生而亡。也許是感受到這份美麗快要消逝，所以狗對著它劇烈地狂吠……。

87 希臘陸龜

我和哥哥是在某天中午放學回家的小巷子裡撿到牠的。當時是八月，小普——天空的顏色是普魯士藍，藍得都要發黑了——因為怕熱想抄近路，所以我們才會走那條小巷子。就在穀倉牆邊的雜草叢間的烏龜，簡直就像坨泥土塊，只有角落腐朽的金絲雀號——那台我們熟悉的黃色馬車——稍微提供弱小無助的牠一絲陰影。我們不敢抓，而是在保姆的幫助下帶牠回家，進家門口時邊喘氣邊大喊：「烏龜！是烏龜！」牠太髒了，所以我們把水往牠身上澆，洗乾淨以後，浮現出有金有黑、像是轉印圖案的背甲花紋……。

華金．德．拉．奧利瓦先生、鄰居綠鳥和其他知道這事的人都告訴我們，牠是一隻希臘陸龜。我後來在耶穌會學校讀自然史的時候，看見書上的畫跟它一模一樣，而且就是這個名字；之後又看見大玻璃櫃裡跟牠一樣的標本，小牌子上面寫的也是這個名字。所以毫無疑問，小普，牠就是一隻希臘陸龜。

從那時起，牠就待在那裡了。小時候我們總是捉弄牠；我們曾把牠綁在吊槓上盪秋千；曾把牠扔給小狗洛德；還曾把牠翻倒，整天肚皮朝天……有一次，小聾子為了要讓我們知道牠的殼有多硬，就向牠開了一槍，結果子彈被彈開，一枚子彈還打死了一隻在梨樹下喝水的可憐白鴿。

牠會消失好幾個月，接著某日突然出現在煤堆上，動也不動地像是死了一樣。改天又會發現一窩空蛋殼，證明牠曾在那邊待過；牠和雞、鴿子、麻雀一起吃飯，最喜歡的是番茄。牠在春季偶爾會變成畜欄的主人，彷彿從牠乾枯、永恆的衰老中萌生新枝，像是從自己身上得到了新生，好再活一個世紀……。

88 十月的午後

假期結束了。當葉子開始變黃時，孩子們都回到學校裡。寂若無人。屋裡的陽光空虛得像是飄零的秋葉。想像中，遠方響起叫嚷和嘻笑。

還有些許花朵遺留在玫瑰叢上。斜陽緩緩而降，夕陽餘暉點燃花園裡這最後的玫瑰，整個花園像芬芳的火焰，升向如火燒的晚霞，四處瀰漫著玫瑰燃燒的味道。一片寂靜。

小普和我一樣悶得發慌，不知道做什麼好。牠一步一步朝我走來，猶豫了一會兒，最後才鼓足了信心，踩著堅定踏實的步伐，和我一起走進屋子裡……。

89 安東妮雅

小溪的水漲了不少，夏末時節，溪邊金燦華麗的黃百合，都被沖得漂流四散，一片片的花瓣帶著它的美，隨著水流逝去……。

小安東妮雅穿著星期天的華服，不曉得會從哪邊渡溪？我們放的石頭現在都被淤泥淹沒了。女孩沿著河岸往上走，一直走到白楊樹的圍牆邊，看看是否能從那邊過去……還是不行……於是我就讓小普出場獻殷勤。

我一向她開口，她就滿臉通紅，胭脂般的紅暈好似要把灰眼睛旁天真的點點雀斑都給燒紅了。隨後她突然朝著一棵樹笑了起來……終於她答應了。她把粉紅色的絨線披巾往草地上一扔，跑了幾步，敏捷地像是西班牙靈緹犬，騎在小普身上；結實的雙腿在牠兩旁晃啊晃的，曲線明顯的小腿把白襪脹得飽滿，還有一圈紅色勒痕。

小普似乎想了一下，接著不慌不忙地一躍，雙腳就穩穩地釘在對岸。小溪已經橫躺在我和小安東妮雅靦腆的紅臉之間，她用腳跟往小普的肚子上輕輕一蹬，小普就在這黑髮女孩銀鈴般清脆的笑聲中，馱著她一顫一顫地奔向平原。

……空氣中瀰漫著百合、水和愛情的芬芳。莎士比亞為克麗奧佩特拉寫的台詞，像一頂帶刺的玫瑰花冠，緊緊地纏繞著我的思想：

「啊那匹馬好幸福，能馱著安東尼！」[31]

「小普！」我終於衝著牠大喊，聲音急躁、忿怒還有點走調……。

31 原文為英文。莎士比亞的悲劇作品《安東尼與克麗奧佩特拉》中第一幕第五場中的台詞。

90 被遺忘的葡萄

十月連綿的雨天過後，我們在金光燦爛的蔚藍晴天下一起去葡萄園。小普馱著的鞍囊裡，一邊裝著午餐和女孩們的帽子，另一邊為了平衡，載著宛若杏花般柔美、白裡透紅的布蘭卡。

雨後煥然一新的田野真迷人！溪水滿溢，土地已經輕犁過了，田邊的白楊樹仍舊綴掛著黃葉，葉間還看得見鳥群的點點黑影。

忽然女孩們一個接一個跑了起來，大叫：

「一串葡萄！一串葡萄！」

一株老葡萄藤細長、糾纏的藤鬚上還殘留幾片枯黑帶紅的葉子；耀眼刺目的陽光，照亮一串光潔飽滿、琥珀般的葡萄，光亮如風韻猶存的女人。

大家都想要那串葡萄！但維多利亞先採到，把它護在身後。我跟她要了，於是這個即將成長為女人的女孩，帶著遷就異性的心理，心甘情願地把葡萄遞給我。

那串葡萄共有五大顆。我給維多利亞一顆，布蘭卡一顆，羅拉一顆，姵姵一顆。「孩子們！」在大家的笑聲和鼓掌的一致同意下，最後一顆給了小普，牠用那口大牙，笨拙地銜了過去。

91 上將

你不認識牠。在你來之前牠就被帶走了。從牠身上我學到了高貴的品格。你看，在馬槽裡牠以前的位置上，還留著刻有牠名字的木板；牠的鞍、轡頭和韁繩也都還在。

牠第一次踏進畜欄時，美好地如夢似幻吶，小普！牠來自鹹沼澤一帶，是我的力量、生機和歡樂的泉源。而且非常俊美！

每天一大早，我都會和牠一起走到鹹沼澤，沿著淺灘疾馳飛奔，驚起一群正在關閉的磨坊裡偷食的禿鼻鴉。之後再沿著馬路，在踢躂的馬蹄聲中短暫小跑著邁進新街。

一個冬天的午後，聖若翰酒館的杜邦先生手持著鞭子來到了我家，把一疊鈔票放在門廳的小櫃子上，就和勞羅一起往畜欄走去。天色漸黑，之後就像作惡夢一樣，我從窗戶看見杜邦先生把上將套在他的馬車上，往雨中的新街馳去。

我已經記不清心痛了多少天。他們只好請醫生來，開了些溴化物和乙醚及不曉得是什麼的處方，直到能淡化一切的時間漸漸把牠從我思緒中帶走，就像帶走洛德和那個小女孩一樣，小普。

是啊，小普，你和上將本來一定會是很要好的朋友啊！

92 書頁上的插畫

小普，剛犁過的鬆軟濕潤的道道烏黑淺溝上，被翻動過的種子再次冒出淡綠的嫩芽；太陽運行的路程已經如此短暫，但還是用它餘暉的斜長流光，在犁痕上播撒著感性的金光。畏寒的鳥兒成群結隊往南飛向北非。即便再輕微的陣風，也能吹落僅存的黃葉，讓枝枒變得精光。

這個季節讓人審視自己的靈魂，小普。現在我們會有個新朋友：一本高貴、精心挑選的新書。展開著的書面前，整個田野展現出它的遼闊，這一覽無遺的風光，支撐了寂寞的思想。

你看，小普，時間還不到一個月，這棵曾用綠蔭和沙沙細語遮護我們午寐的樹，如今卻孤寂、細弱、乾枯，殘葉之間只有一隻黑色鳥兒的身影，在接近尾聲哀傷又濃烈的黃昏映襯下，顯得格外醒目。

93 魚鱗

小普，過了阿塞尼亞街之後的莫格爾，是截然不同的小鎮，從那邊起就是海員區了。就連大家說話的方式也不一樣，都是些航海術語，及各種誇張、光怪陸離的內容。那邊的人衣著也比較講究，掛著很粗重的錶鏈，還抽上等雪茄和長煙斗。跟車廠區那邊正經、乏味又老實的莊稼人——比方說拉伯索，比起來像是河口街的人——例如你也認識的比貢——開朗、黝黑、金髮，兩種人簡直天差地別。

聖方濟司事的女兒格蘭娜迪雅，就是住在珊瑚街那邊的人。每次只要她來訪，我家廚房都會因為她生動、唱作俱佳的趣聞而為之騷動。那些女僕，一個是佛里賽達人，一個蒙都里奧人，還有一個從歐諾斯來的，都聽得一愣一愣的。她會說加的斯、塔里法和海島的故事，也會提到走私煙草、英國布料、絲質長襪、金銀財寶的軼事……接著她搖晃著裹著黑色薄紗披巾、苗條、輕盈的身軀，一邊把鞋跟踩得喀噔喀噔響地走了……。

女僕們還在議論她講的精彩內容。我看見蒙特馬約舉著一片魚鱗對著太陽，還用手遮住左眼……我問她在做什麼，她回答我她在看加爾默羅山聖母——水手的守護聖者——從魚鱗的七彩虹光下，可以看到祂身披敞開的繡花斗篷；還說這都是真的，因為是格蘭娜迪雅告訴她的……。

94 畢尼多

「泥看搭！……泥看搭吶！……你看看搭！……比畢尼多還笨唷！」

我幾乎要忘了誰是畢尼多了。此時，小普，秋日溫和的陽光把紅沙的圍牆映得比火焰還要赤紅，但卻不燙。那個小男孩的叫聲，讓我眼前突然出現可憐的畢尼多的身影，背著一綑發黑的葡萄藤，爬上山坡朝我們走過來。

他閃進我的記憶裡，卻又再次消失。幾乎記不清他的身影。就那麼一瞬間，我看見他清瘦、黝黑、而敏捷，又髒又醜的形象中還看得出一點殘留的英俊；但當我竭力回憶他的模樣時，人影就消失無蹤，就像一場夢境，一到早晨就再也記不起了，我甚至不清楚剛才想起的身影究竟是不是他。也許是某個下雨的早晨，他衣不蔽體地在新街上狂奔，被孩子們丟石頭；或者可能在冬日的暮色中，他垂頭喪氣沿著老墳場的土牆、經過風車、腳步蹣跚地走回不必繳房租的洞穴——那些外鄉乞丐聚集的地方，緊鄰著死狗坑和垃圾堆。

「……比畢尼多還笨吶！……泥看搭吶！……」

我要付出什麼才能換取和畢尼多的一次交談呢，小普！聽瑪嘉麗亞說，這可憐人有一次在蔻利雅家裡喝醉，離開後死在古堡那邊的陰溝裡。當然這是很久以前的事了，那時我還是個孩子，跟你現在一樣小，小普。不過你覺得他真的是笨蛋嗎？他到底是個怎麼樣的人呢？

畢尼多已經死了，小普，我再也無法得知他的為人；但是據那個小男孩說——他母親絕對認識畢尼多——我比畢尼多還要笨。

95 河流

小普你看，礦井間的這條河，被這些陰損、殘忍的人糟蹋成什麼樣子了！今天下午，它那變成紅色的水流，在紫色和黃色的淤泥間迂迴蜿蜒，零碎地收撿著落日的餘暉；水道細得幾乎只能載玩具船，太悲慘了！

從前，那些葡萄酒商的大船、單桅帆船、雙桅船、獨桅艇——野狼號，愛蘿伊莎少女號，我父親的聖嘉耶當號，船長是可憐的金德羅，還有我叔叔的星辰號，船長是比貢——多少船的桅杆將聖若翰的天空擠得好不熱鬧——尤其是主桅杆，最教孩子們著迷——酒商的船載著大量的葡萄酒，吃水很深，駛往馬拉加、加的斯、直布羅陀……船眼、聖像和船名漆成綠、藍、白、黃、洋紅色的小船，穿梭在大船間，使起伏湧動的波浪更加混亂……漁夫把各種漁獲運到村莊：沙丁魚、巨牡蠣、鰻魚、鰨魚、螃蟹……里歐丁托的銅礦毒害了這一切。不過還好，小普，現在窮人家倒還可以捕些為數不多的殘魚吃，因為有錢人家覺得很噁心……但是獨桅艇、雙桅船、單桅帆船通通都絕跡了。

多慘啊！基督的聖像再也看不見漲潮時高漲的海水！殘存的河水猶如從一具襤褸、枯乾的乞丐屍體血水滴下的細流，死氣沉沉地流動；鐵鏽般的水色，就像那艘夕陽下廢棄、汙黑、腐朽的星辰號，殘缺的龍骨翻了個底朝天，燒焦的船身有如死魚的骨架；武警的子女在殘骸裡玩耍，翻騰的模樣就像我心裡的焦慮一樣。

96 石榴

這顆石榴真是漂亮啊，小普！這是阿格迪雅在蒙哈斯的小溪邊，從上好的石榴中精挑細選寄給我的。沒有任何水果能像這石榴，能讓我想起灌溉它長大的清涼溪水。果肉粒粒飽滿、結實和新鮮。我們一起吃吧？小普，果皮乾燥苦澀，像是緊抓著土的樹根一樣，難剝得很，但吃起來仍令人愉快。現在，第一口甜味，緊貼著果皮的果粒，顆顆都是黎明般閃亮的紅寶石。接下來，小普，緊緻、飽滿、無瑕地像是裹了層薄紗的果心，可以吃的紫水晶珍寶，多汁又有勁，猶如某位年輕女王的心。多麼飽滿吶，小普！來，你也吃啊！真好吃！牙齒心滿意足地陷進紅色果肉裡，享受它豐富的愉悅滋味！你等一下，我嘴巴沒空說話。味蕾的感受，就像是眼睛迷失在萬花筒般變化無窮的七彩迷宮裡。都吃完啦！

如今我已經沒種石榴樹了，小普。你沒見過那些種在花卉街酒館的大院子裡的石榴樹。以前我們下午經常經過那邊……從倒塌的土牆邊望去，可以看見珊瑚街上那些房子的院落，每個都很迷人，再過去還有田野、河流。那邊還有武警的號角聲和西埃拉鐵匠鋪傳來的打鐵聲。鎮上這一帶原本不是我常來的地方，是新發現的，充滿了日常生活的詩意。晚霞燃燒那些如豐富寶藏的石榴樹，旁邊有一口蔭涼的水井，被一株爬滿壁虎的無花果樹根撐得破碎……。

石榴，莫格爾之果，鎮徽上最精粹的裝飾！石榴朝著落日的殷紅綻裂！蒙哈斯果園裡的石榴，貝拉谷的石榴，薩巴列哥的石榴，在寂靜的深谷山澗裡，在黑夜完全降臨前，那裡的天空有如我的思緒，永遠都映著玫瑰紅。

97 舊墳場

小普，我想讓你跟我一起進來，所以才把你混在運磚的驢子間，不會被掘墓人看到。我們已經進入了這幽寂之處了……來吧……。

你看，這就是聖若瑟墓院。那個塌下來的鐵欄杆旁的綠蔭角落，是神父的墓……西邊這個在三點鐘的烈日下快要融化的石灰白小庭院都是些孩子……來啊……上將在這……這是貝妮達女士……那邊是窮人的墓坑，小普……。

麻雀在柏樹群上鑽進竄出的，你看牠們多開心啊！還有那邊那個壁龕，被戴勝鳥用鼠尾草築了個巢……那些是掘墓人的孩子，你看他們正心滿意足地吃著塗了紅椒豬油抹醬的麵包。小普你看那邊，兩隻白色蝴蝶……。

新的墓院……等等，你聽到了嗎？鈴鐺的聲音……那是三點鐘的車，沿著馬路開往車站……那些松樹旁都是風車附近的人……盧嘉塔女士……船長……小阿爾弗雷朵．拉莫斯，他還是我送過來的，在我孩童時代的某個春天，我、我哥、貝貝．薩恩斯和安東尼奧．李維羅一起把他白色的小棺木送到這裡來……。別作聲！

里歐丁托的火車正駛過橋……你聽，還在開……小普，那是可憐的卡門，那麼漂亮卻患了肺癆……你看，那朵陽光下的玫瑰……這邊就是那個宛若夜來香的小女孩，她那雙黑眼再也不會睜開了……這邊呢，是我的父親……。

小普……。

98 里比亞尼

你靠邊一點，小普，讓這些學童們先過。

你也知道星期四是孩子們校外郊遊的日子。里比亞尼有時會帶他們去卡斯提亞諾神父那邊，有時會帶去安古斯蒂亞橋，有時也會去比拉。今天里比亞尼帶孩子來到艾米塔，可見他的心情還不錯。

有的時候我在想，里比亞尼可能會不把你當人看——你也知道我們鎮長說過，別把孩子教成驢子——跟著他你恐怕會餓死。因為可憐的里比亞尼老是用「人人在上帝面前都是兄弟、姊妹」、「讓小孩子到我這裡來[32]」當藉口，而且用他自己的方式解釋，要每個孩子都分一半點心給他，所以常看到他一個人吃掉十三份的半份點心。

你看孩子們多開心啊！就像是毫不遮掩、跳動著的鮮紅赤子之心，被歡樂、火

32 出自《馬太福音》第十九章十四節：耶穌說：「讓小孩子到我這裡來，不要禁止他們，因為在天國的正是這樣的人。」

辣辣的十月下午灼熱力量給穿透。里比亞尼身上那件棕褐色格子西裝——那件衣服原本是波利亞的——緊緊裹住他龐大鬆軟的身軀，他搖搖擺擺，花白的大鬍子鑲著微笑，因為他即將在松樹下美美地吃一頓……他的腳步震得整個田野晃動，像是讓人眼花撩亂的金屬反射，也像是守望著海洋的金色鐘樓上的巨鐘，在敲完晚禱鐘後雖然已經停了下來，但仍在村莊的上空嗡嗡作響，猶如綠色的熊蜂。

99 古堡

今天下午的天空真美啊，小普！金屬般的秋光，像一把純金打造的闊刃劍！我喜歡來這邊，因為這片杳無人煙的山坡，有比較好的視野欣賞日落，既沒有人打擾，也不會妨礙任何人……。

只有一棟白藍兩色的屋子，蓋在數間酒坊跟骯髒的圍牆之間，牆邊長滿野芥草和蕁麻。那棟房子不像有人居住。

這裡是蔻利雅和她女兒夜晚幽會的地方——那幾位白皙、身姿曼妙的女人，老是穿著黑衣，看起來幾乎一模一樣。畢尼多就死在這條陰溝裡，兩天後才被人發現。當時砲兵來的時候，也把大砲裝置在這裡。你也看過意納西歐先生，肆無忌憚帶著走私的烈酒經過這邊。還有從安古斯蒂亞來的鬥牛，也走這邊進城，而且這一帶沒有半個孩子。

你看，從陰溝上的拱形橋洞望過去，是一片荒蕪的紅色葡萄園，背景是磚窯及紫色的河流。還有那邊，有冷冷清清的鹹水沼澤。你快看落日，碩大火紅，好像神祇現身，能吸引一切狂喜，逐漸往威爾瓦外的海平線下沉，整個世界——也就是莫格爾、它的田野、你和我，小普——都以絕對的寂靜向太陽臣服。

100 鬥牛場的廢墟

小普，舊鬥牛場的影像又再次從我腦中一閃即逝。它是在某個下午因為……反正就是被燒毀了，是哪天燒的我也不記得了……。

我也不清楚裡面是什麼樣子……我只記得我曾看過——不過說不定只是小馬諾洛．弗羅雷茲給我的巧克力裡面的畫片——幾隻扁鼻小狗，灰灰的像是橡皮做的，被一頭黑色鬥牛挑到半空中……正圓形的建築空無一人，翠綠的草長得老高……其實我只知道從外面看是什麼樣子，我的意思是從上面看……我說的不是鬥牛場的邊上……但那邊沒有人……我就沿著松木的台階跑了一圈又一圈，越跑越高，幻想著我真的在一個完整、真實、就像畫片裡的鬥牛場上；而在風雨欲來的暮色中，暴風雨雲的陰影下——我指的是那陰涼的寒意——地平線上那片松林的剪影，襯出海面上一線微弱的白光，這片濃稠墨綠的遠景，被收進並永存於我的靈魂之中……。

就是這樣。至於我在那裡待多久？誰把我帶出來的？什麼時候發生的事？我一無所知，也沒有人告訴過我，小普……不過每次我提起這個鬥牛場，大家都會回答我：

「對啊，卡斯提約的鬥牛場，後來被火燒掉了……那時候有好多鬥牛士到莫格爾呢……。」

101 回聲

這地方可真是萬籟俱寂，似乎因此總有人往這裡來。獵人從森林歸來時常繞到這裡，翻上圍牆好看得更遠。聽說，強盜巴拉雷斯在這一帶打家劫舍的時候，就在這裡過夜……。朝向旭日矗立的山巖，在傍晚時，岩頂上偶爾會有流浪的山羊，在黃色的月亮裡剪出影子。草地上有個池塘，只有到八月才會乾涸，東一塊、西一塊地映出黃色、綠色、玫瑰色的天光；孩子們為了打青蛙或是為了激起響亮的水花，不斷投下石子，池塘都快給填飽了，映照不出天色。

回家的路上，我讓小普在一棵角豆樹旁停下腳步，那棵樹正好擋在草地的入口，掛滿了黑乎乎的乾枯豆莢。我將雙手圈在嘴邊成喇叭狀，對著紅岩高喊：「小普！」

岩石用它被鄰近池水柔化的聲音斷然回答：「小普！」

小普立刻轉過頭，警惕地抬高頭部，驚慌地想要逃跑。

「小普！」我又對著岩石大喊一次。

岩石再次回答我：「小普！」

小普看看我，又看了看岩石，翻起嘴脣仰天發出一陣無盡的嘶吼。

岩石也同小普一起叫了起來，嘶啞的尾音拉得比小普的還要長。

小普又叫了一聲。

岩石又回了一次。

於是，小普一陣粗魯、倔強的躁動，像是經歷了糟糕的一天，牠開始扭頭、打轉，想掙開韁繩，想逃走，想丟下我，一直到我低聲哄著帶牠離開。漸漸地，只剩下小普自己的嘶鳴聲，迴盪在仙人掌叢裡。

102 虛驚

孩子們在吃飯。燈火的玫瑰色暖光暈照在雪白的桌布上，紅天竺葵和豔麗的蘋果，也為無邪臉龐上的純樸氣息，增添了許多熱烈的愉悅。小女孩像女人一樣正經吃飯，小男孩則像男人一樣正經交談。遠處，年輕美麗的金髮母親袒露著雪白的胸脯餵著小傢伙，臉上帶著微笑看著孩子們。朝向花園的窗戶外，清寂的夜空布滿閃爍繁星，冷極了。

忽然，布蘭卡像一道細長的閃電般逃到母親的懷裡。剎那間一片死寂，接著一陣椅子翻倒的撞擊聲響和嘈亂的大呼小叫，孩子全都跟著她跑，一臉驚恐地盯著窗外。

原來是小普這個傻瓜！牠把白色的大頭伸到窗前，由於陰影再加上玻璃和孩子的恐懼，牠的頭變得碩大無比。牠安靜又感傷地凝視著屋內溫暖、燈火通明的餐廳。

103
古水泉

在長青的松林裡，泉水如此潔白；在玫瑰或天藍色的曙光中，依然潔白；在金黃或淡紫色的午後，仍是潔白；夜晚的墨綠青影，潔白依舊；這古泉啊，小普，多少次你看我停佇在此，流連不去，它宛如拱頂石或墳墓，含納了世上所有的輓歌，那正是真實生命的感覺。

我在泉水中見過帕德嫩神殿、金字塔和所有的大教堂。當每座噴泉、陵墓、廊柱將其永恆之美表露在我面前，都會與我在半夢半醒間浮現的古泉形象交錯更迭。

古水泉是我一切的起點，也是我所有的歸宿。它是如此合宜之所在，是如此和諧的樸實，因而永恆；色彩和光線全然由它主宰，用雙手捧起它的水，如同將整個生命之流握在手中。它出現在柏克林[33]所繪的希臘風光裡；路易斯．德．萊昂[34]也翻

33 **Arnold Böcklin**（1827~1901），被視為過分憂鬱、消極的象徵主義的瑞士畫家。
34 **Fray Luis de León**（1527 or 1528~1591），西班牙修士、詩人、翻譯家，曾將舊約聖經中的〈雅歌〉翻成西班牙文。

譯過；貝多芬注以喜悅的淚水；米開朗基羅則把它傳給了羅丹。

古水泉是搖籃也是婚禮；是歌謠也是十四行詩；是真實也是喜悅；是死亡。

小普，今晚的古水泉長眠於此，彷彿一具大理石軀體置身於黑暗而柔和、喃喃低語的綠意間；亡故，而我的靈魂卻湧出無窮無盡的泉水。

104 道路

昨晚掉了真多葉子呀，小普！樹好似翻了個倒栽蔥，樹冠著地，根鬚朝上，恨不得把自己種到天空的樣子。你看那棵白楊，好像馬戲團的雜技女孩露西亞：當她將火一樣的頭髮灑在地毯上，抬高纖細的美腿，灰色的網襪使腿顯得更加頎長。

現在，小普，鳥兒會站在光禿禿的樹枝上，看著金黃落葉堆中的我們，就像我們在春天看著綠葉中的牠們那樣。從前樹上葉子的輕柔吟唱，現在都變成地面乾枯、拖沓的喃喃禱詞！

小普，你看到鋪滿枯葉的田野了嗎？但等到下個星期日，我們再次經過這裡的時候，可就一片葉子也看不到了。我也不知道它們會消逝在何處，一定是鳥兒吧，牠們出於對春天的愛，才告訴落葉如何絢麗而隱蔽地死亡，你跟我都無法得知的祕密啊，小普……。

105 松子

賣松子的小女孩在日光下沿著新街走過來了。生的、烤熟的松子她都有。我要去給我們倆買個十分錢的烤松子，小普。

十一月將夏季和冬季交疊成金黃又蔚藍的日子。刺人的陽光，靜脈脹得像水蛭一樣又圓又青……肩上扛著灰色包袱的拉曼恰的布販，穿過安靜乾淨的白色街道；來自盧塞納鐵器販，彷彿載滿黃色的光，鐵器碰撞得叮叮作響，每一聲都閃爍著太陽。這個阿雷納來的小女孩彎著身軀挽著雙耳筐，緊挨著牆走，她在白石灰牆上用木炭慢慢拖出細長的線，悠長感性地吆喝：「烤ㄠ——松嗡——子喲！」

一對情侶在門口一起吃著松子，臉上掛著熱情的微笑，互相幫對方挑上好的果仁。上學的孩子們，邊走邊停在沿路的門檻上，用石頭砸著松子……還記得我小時候，我們常在冬天的下午去位在阿羅約的馬里亞諾的橙園。我們會用手帕包一包烤松子去，我最興奮的就是可以帶上那把剝松子的折刀，那是一把螺鈿鑲柄的折刀，雕刻成魚形，兩個紅寶石的小眼睛裡可以看到埃菲爾鐵塔……。

烤松子可真令人齒頰留香啊，小普！能讓人覺得歡快、精力充沛！在寒冬的陽光下，有了松子就有安全感，彷彿自己已經變成了不朽的紀念碑，走起路來都有風，冬衣也不覺得沉重，甚至還能跟萊昂或是車夫曼基多比個腕力呢，小普……。

106 逃跑的公牛

當我和小普抵達橙園時，峽谷仍是灰暗陰沉，還覆著霜的莫邪菊一片淡白。太陽還沒將透明、光亮的天空鍍上一層金，長滿櫟樹的小山丘開出最美的擬金雀花……偶爾傳來的一陣空曠而悠長的柔和聲響使我抬頭仰望，原來是成群結隊、變換著美麗隊形的椋鳥，飛回橄欖園……。

我拍了下手……有回音……曼努埃爾！……沒人回應……突然間，傳來一陣急促、渾厚的巨大聲響，因為預感可能是個大傢伙使我的心臟怦怦直跳，便趕忙和小普一起躲進了老無花果樹裡。

果然，我就知道。走來的是一頭紅色公牛，盛氣凌人，東聞西嗅，還發出哞叫聲，為所欲為地摧殘了整路。牠在山丘上停留片刻，發出一聲傳遍山谷、甚至直達雲霄的可怕、短促的嚎叫。椋鳥依舊毫不畏懼地繼續飛越玫瑰色的天空，而我猛烈的心跳聲甚至蓋過了鳥群的聲響。

在一片塵霧裡，隱約可見的太陽已經變成銅一樣的顏色，公牛往下走到龍舌蘭叢間的水井。牠喝了一會兒水，隨後，以一種勇士般的高傲，比田野還要雄偉的氣勢，角上還掛著殘餘的葡萄藤，往山坡上走，最後在我熱切的注視下，牠消失在已是純金的耀眼朝曦間。

107 十一月的田園美景

當夜幕降臨時，小普從郊野間回來，馱著一大捆蓬鬆作柴火用的松枝，整個身體在大片的綠葉底下幾乎都看不見了。牠腳步細碎跚跚，像是馬戲團裡的鋼索女郎般，細膩又俏皮……磨磨蹭蹭得好似在原地打轉。加上豎著的耳朵，真像隻背著自己窩殼的大蝸牛。

這些綠色枝條也曾昂首挺立，停棲著太陽、黃雀、微風、月光、烏鴉——小普，烏鴉可也在上面棲息過啊，真恐怖——如今那些可憐的樹枝卻掉落在傍晚的乾燥小路上、白色的塵埃裡了。

一種輕柔的淡紫色寒氣籠罩大地。十二月將至的田野間，溫馴而謙卑的負重驢子，也開始像去年一樣，近乎神聖。

108 白母馬

今天我很難過地回到家，小普。你知道我今天在波達拉，經過佛洛雷斯街時，就在那對雙胞胎被雷擊斃的地方，聾子的白色母馬躺在那裡死了。幾個衣不蔽體的小女孩安靜地圍著牠站。

正好路過那邊的女裁縫布麗達告訴我，說聾子早就不想再養那匹母馬了，所以今天早上把牠帶到墳場等死。你也知道那可憐的馬跟胡里安先生一樣老，又很遲鈍，既看不見也聽不清，而且幾乎走不動……結果快到中午的時候，母馬又出現在主人的大門口。聾子就很火大，拿了一根竿子想攆走牠，牠不走，他又拿鐮刀刺牠。

人們都圍過來，母馬在咒罵和取笑聲中，跛著腳，跌跌絆絆地沿著街道往上坡離開。小孩子跟在牠後面大叫、丟石頭……最後，牠不支倒地，便在那被人們殺死了。還是有些憐憫的同情心在牠上方盤旋，「讓牠平靜地死吧！」就好像你我也在場一樣，可惜那不過像是位在狂風中的一隻蝴蝶罷了。

我看到牠的時候，那些石頭都還在身邊，牠已經跟石頭一樣冰冷了。牠其中一隻眼睛睜得大大的，活著的時候是瞎的，現在死了卻彷彿看得見似的。牠身上的白是昏暗街道上唯一殘留的光，黃昏的天空孤高而寒冷，布滿玫瑰色的纖雲。

109 鬧新婚[35]

說實在的，小普，這可真妙啊。卡蜜拉太太穿著白色與玫瑰色的衣服，拿著掛圖和教鞭，在給一頭小豬上課。旁邊是老惡魔，一隻手抓著空酒囊，另一隻手伸進她的口袋掏出一袋錢。我覺得這幾個人偶應該是公雞貝貝跟信差孔查，用我家裡不知道怎麼找到的舊衣服做的。走在最前面的人是模仿王貝畢多，打扮成神父，騎著一頭黑毛驢，手拿一面旗幟。身後跟著住在中央街、泉水街、車廠區、艾斯克利巴諾小廣場跟貝德羅·德約大叔住的那條小巷的所有的孩子們，有節奏地敲打著鐵罐、牛鈴、鐵鍋、銅臼、鈴鐺、湯鍋，走在滿月的光輝照耀下的街道。

你知道的，卡蜜拉太太當過三次寡婦，也已經六十歲了，而同樣是鰥夫的老惡魔雖然只當過一次，但卻喝過了七十個葡萄收穫季的新釀葡萄酒。今晚真該去他們門戶緊閉的家中，去看和聽他和新婚妻子猶如圖畫或歌謠般的故事！

---

35 **Cencerrada**，安達盧西亞農村地區的風俗，當鰥夫再婚的新婚之夜，村民會用罐頭、鐵鍋、牛角等作為樂器，為新人獻上響徹雲霄的「噪音音樂會」。

新婚要鬧上三天呢，小普！然後左鄰右舍的太太們會到小廣場的祭壇上取回自家的東西，壇上有燈火輝煌的聖像，壇前有醉鬼跳舞。孩子們的喧鬧聲還會持續好幾個晚上。最後，只留下一輪明月與這段浪漫的故事……。

110 吉普賽人

你看，小普。她沿著街道走過來了，黃銅似的太陽下，身形婀娜、筆直挺拔，誰也一眼不看地往下走……

冬天，她穿著帶白色圓點的藍色荷葉邊裙，繫著黃色披巾，雖已年華不再，卻保持昔日的美麗，依然和橡樹一樣優雅！她前往鎮公所，申請如往常一樣在墳場後面紮營的許可。

你還記得吉普賽人的破舊的爛帳篷吧，還有周圍那些營火、花花綠綠的女人，和他們要死不活、啃食著死亡的驢子。

驢子，小普！佛里賽達的驢子要是感到吉普賽人接近，一定都在牠們低矮的畜欄瑟瑟發抖吧——我倒不擔心小普，因為吉普賽人若想要到牠的圈舍，可是得翻過半個小鎮。更何況我們還有警衛藍赫爾，他對我很好也很喜歡小普。不過我為了好玩，想嚇嚇牠，我用空洞、恐怖的聲音對牠說：

「進去，小普，進去！我要鎖上大門，他們要來抓你啦！」

小普很篤定自己不會被吉普賽人偷走，輕快地跑進來，可是門在牠身後用力一關，發出鐵和玻璃的劇烈撞擊聲，牠馬上跳了起來，穿過大理石院子，奔向花園，飛箭似地竄進畜欄裡──這個笨蛋──才跑了幾步路，就把開藍色花朵的爬藤踩斷了。

111 火焰

靠近一點，小普。過來啊……在這裡不用這麼拘謹。你靠在門房身邊他會很高興的，因為他是你的朋友。你也知道他的狗阿里也很喜歡你，至於我，那就更不用說了，小普！橙園裡一定冷死了！光聽拉伯索的話就知道了：「上帝保佑今晚別讓太多橙子凍壞吶！」

你不喜歡火嗎？小普。我覺得任何一個女人的胴體，都無法和火焰媲美。有什麼秀髮如瀑、什麼玉臂、什麼美腿，能比得上赤裸裸的紅焰呢？也許大自然沒有比火更好的獻禮了。孤獨的夜被關在緊閉的房門外；然而，在這扇開向火成岩窟的窗前，小普，我們比田野還要更接近大自然！火就是屋子裡的宇宙。艷紅而不竭，猶如身上傷口不斷湧出的鮮血，帶著生命所有的回憶，給我們溫暖，給我們力量。

火多麼美啊，小普！你看阿里睜大靈活的雙眼盯著火看，還靠得那麼近，像是要跟著燃燒似的！我們被金光和黑影的舞蹈環繞著，多快樂啊！屋子裡也全都在舞動著，在敏捷的火焰中忽大忽小，像是俄羅斯人流暢的舞姿。火焰中不斷浮現出各種充滿無限魅力的形狀：樹枝和飛鳥，獅子和水，還有高山與玫瑰。你看，就連我們自己也不知不覺地在牆壁、地板、天花板上跳起舞來。

啊，真是瘋狂！真令人陶醉！真了不起啊！小普，在這裡，甚至愛情本身都像永恆的死亡。

112 休養

養病的房間用地毯和壁幔布置得溫潤柔軟，燈光昏黃，從房間裡聽著街道上的行人在繁星閃爍夢幻般的夜晚來來往往，毛驢從田野間歸來的輕快蹄音，還有孩童們的嬉戲叫嚷。

驢子的大腦袋和孩子們纖細的小臉隱約可見，在驢鳴的伴奏下，如水晶和銀鈴般清脆響亮的聲音唱著聖誕頌。感覺整個村莊都被烤栗子的煙霧、馬廄的霧氣和安寧家庭的輕煙圍繞著。

而我的淨化昇華的靈魂傾瀉而出，彷彿從心底陰影下的磐石中，湧出如天水般的洪流。使心靈感到救贖的黃昏啊！思緒最深處，既寒冷也暖和，卻充滿無限光芒的時刻！

外面的鐘聲飄在空中，猶如在星辰之間盪漾。被感染的小普也在牠的圈舍裡嘶鳴；就在這個夜空似乎很近的瞬間，圈舍卻聽起來很遙遠……我脆弱、感動、寂寞地慟哭，猶如浮士德……。

113 老驢子

……最後，他走得太過疲憊，
每一步都會迷路……

——歌謠集《維雷斯市長的灰馬》

我實在走不開，小普。是誰把這可憐的傢伙丟在這裡，沒人理，也沒人照顧的？

牠一定是從墳場那裡出來的。我想牠既聽不見也看不見我們。你也看到牠從早上就在那堵圍牆邊了，白雲底下，這頭乾枯、命運悽慘的驢子，像座島似地身上佇滿成片的蒼蠅，任燦爛的陽光曝曬，和這冬日的美妙景緻格格不入。牠四條腿都瘸了，茫然不知方向，牠會慢慢轉身，最後又回到原處。牠只是換了個方向而已。今天早上牠臉朝西，現在臉朝東。

上了年紀可真是處境艱困啊，小普！你看那位可憐的朋友，已經了無牽掛，卻不能離開，就算春天已朝牠走來也是徒然。難道說牠像貝克爾[36]一樣已經死了，只是仍繼續站著？就連孩童都能將牠靜止的輪廓描繪在黃昏的天空。

你看吶……我試著推牠，牠動也不動……甚至連叫牠也沒反應……瀕死的掙扎似乎已經讓牠在土裡紮根。

小普，牠今晚會在那高高的圍牆下被北風凍死的……我實在走不開，也不知道該怎麼辦才好，小普……。

36 Gustavo Adolfo Bécquer（1836~1870），西班牙浪漫主義詩人、作家、劇作家，被視為西班牙繼塞萬提斯之後最受歡迎的作家。

114 黎明

姍姍來遲的冬天早晨，當機警的公雞看見黎明的第一叢玫瑰便殷勤問候，睡飽了的小普也長聲嘶鳴。此刻的天光從縫隙透進我的臥房，而遠處的牠在日光中的甦醒會多麼美妙啊！我也渴望白晝，在鬆軟的被窩裡想著太陽。

我也會想，如果可憐的小普不是養在我這詩人手裡，而是落到賣炭的手上，得在深夜時踏上僻徑的厚霜，去偷山裡的松枝；或是成為衣不蔽體的吉普賽人的驢，身上塗著各種顏色，餵的是砒霜，還用針別住耳朵，只為了不讓耳朵垂下來。

小普又叫了，牠知道我在想牠嗎？知不知道又有什麼關係？在晨曦的溫柔中，想著牠就和這黎明一樣令我愉快。感謝上帝，牠有個像嬰兒搖籃一樣溫暖又柔軟的圈舍，就如我對牠的關懷一樣溫馨。

115 小花

獻給我母親

當得雷莎媽媽去世時，我母親告訴我，她臨終時有人送了鮮花。好像是某個協會送的吧，小普，那花簡直就是當時——我還是個小男孩——我幻想中的彩色小星星，每次我憶起那些花，就覺得應該是粉紅色、藍色和紫色的馬鞭草花。

我只能透過院子大門柵欄間的玻璃——從彩色玻璃看出去的月亮和太陽都會變成藍色或殷紅色——才能看到德雷莎媽媽，她固執地彎著腰，在淺藍的花盆或白色的花壇蒔花弄草。無論是八月午休的烈日或九月的暴風雨下，印象中她的背影始終如一，從不曾回過頭，所以我也不記得她的長相。

我母親說，她彌留時的囈語叫著不知道哪位的某個看不見的園丁，小普。不過無論是誰，一定都溫柔地帶著她走過開滿馬鞭草花的小徑。得雷莎媽媽在我的記憶裡，或當我想起她的喜好，總是讓我備感溫馨，雖然那些都只是我的感覺，就像她常穿的精美絲綢，綴滿了小花，像是果園裡掉落的洋茉莉，也像我童年夜裡轉瞬即逝的流星。

116 聖誕節

田野有人升起篝火！平安夜的下午，微弱且黯淡的太陽，只能稍微提亮嚴寒的天色，萬里無雲的天空，卻是一片死灰而非以往的蔚藍，西方的地平線上泛著一種難以形容的黃光……開始燃燒的綠枝突然間發出一陣劈啪聲；接著升起團團如白鼬毛般的濃煙，最後才是火焰，敏捷的火舌瞬間布滿空中，舐淨了煙霧。

啊，風中的火焰！粉紅、黃的、淡紫、藍色的精靈，鑽進隱密的低空，不知道消失在何處，只在寒冷中留下餘燼的氣味！十二月的田野現在暖和了！慈憐溫藹的冬季！興高采烈的平安夜！

附近的岩薔薇都被融化了。周圍的景致透過熱氣，看起來在顫抖，清澄如流動的水晶。家裡沒有聖誕馬槽裝飾的門房的子女們，可憐又淒涼地圍著篝火烘烤凍僵的小手，還往炭上丟橡實和栗子，發出一種類似槍響的爆裂聲。

後來，他們高興起來，便在黑暗中更加紅艷的火堆上跳躍，並唱著：

……走啊，瑪利亞

走啊，若瑟……

我還把小音帶來了，讓他們可以跟牠玩。

117 河口街

我就出生在這座大宅裡，小普，現在已經是國民警衛隊的營房。我小時候多麼喜歡這個地方啊！這座簡陋的陽台是加菲亞大師設計的穆德哈爾風格，綴著彩色玻璃做的星星，當時覺得可真是華麗啊！從大門柵欄看過去，小普，白色和淡紫的丁香、藍色的牽牛花依舊裝飾著庭院，懸掛在院子深處年久發黑的木格柵上，這些可都是我兒時的歡樂。

到了下午，小普，在佛洛雷斯街的轉角，常會聚集穿著各種藍色水手服的海員，一堆堆多到活像是十月田野。我還記得當時我覺得他們簡直就是巨人；海員們因為習慣了在船上站著時雙腿張得很開，從兩腿間可以看到下方的河，河道裡的瀲灩水流，和既乾又黃的泥灘排成平行的長條。一艘小船緩緩駛在河道迷人的支流上，天空被夕陽潑上片片激烈的紅。後來父親把家搬到了新街，因為海員出門總是會帶折刀，因為小孩每個晚上都會來破壞門燈和門鈴，也因為那個街角老是颳大風……。

從凸窗往外看還可以看到海。我永遠也忘不了那一夜，大人把我們這些怕得發抖又急切的小孩子都帶到樓上，看著沙洲上燃燒的英國船。

118 冬天

上帝在祂的水晶宮殿裡。我的意思是，現在下雨了，小普。在下雨。秋天留下來的最後幾朵花，仍頑強地攀附著無力的枝條不放，每一朵都掛滿了鑽石。每顆鑽石裡都有一整個天空、一座水晶宮殿、一位上帝。你看這朵玫瑰，裡面包著另一朵水做的玫瑰，而且只要一搖晃它，看到了嗎？那朵晶瑩的水玫瑰就會從花瓣上落下，彷彿是花的靈魂，徒留變得消沉、委靡的軀體，一如我的靈魂。

雨水必定和陽光一樣，使人歡欣鼓舞。你看，要不然那些精力充沛、面色紅潤的孩子們，怎麼會光著腿在雨中跑得興高采烈呢。你看那些麻雀，突然鬧哄哄一大群飛進常春藤，像是進學校一樣，這可是你的醫生達爾朋的說法，小普。

下雨了。今天我們就不去田野了。這是沉思的日子。你看，雨水在屋簷下的排水管奔流。看那已經發黑但還帶點金黃的相思樹被雨水洗淨。孩子們的小船昨天還停駐在草叢裡，現在沿著水溝重新啟航。你看，在這轉瞬即逝的微弱陽光下，彩虹可真是美麗，從教堂那邊升起，到我們這邊以一道模糊的虹影消逝。

119 驢乳

寂靜的十二月早晨，人們行色匆匆，不住地咳嗽。風把鐘聲吹到村子另一頭。七點鐘的車空無一人……我又被窗戶震動的金屬撞擊聲給吵醒了……難道是瞎子又像往年一樣把他的母驢栓在窗戶上？

賣牛奶的女人，每個都懷抱著牛奶桶，寒風中匆匆跑上跑下，叫賣她們的白色珍寶。瞎子的驢乳是專門賣給那些感冒的人的。

瞎子因為失明，所以當然看不見，否則他就會看到他的母驢，每天、每時、每刻地越加衰敗。牠簡直就跟牠主人的視力一樣糟……某天下午我和小普經過阿尼瑪峽谷，看到瞎子拿棍子追在母驢後左右開弓抽打牠，可憐的母驢在草地上跑，幾乎要跌坐在濕漉漉的草地上。那些落在橙樹、水車、空中的棍棒還比不上瞎子的咒罵，如果他的詛咒能變成實體，可是連城堡的巨塔都能砸垮……可憐的老母驢不想再受孕，便像俄南[37]那樣，將某頭公驢解放後的贈與傾撒在這片不能生育的土地上，以對抗宿命……而瞎子為了維持他黑暗的生活，卻要母驢乖乖站著，保留牠的生育天賦，這樣瞎子才能將母驢產出的甘美良藥——驢崽微薄卻甜蜜的口糧——賣給老人以換取一枚硬幣，或一句承諾。

就這樣，那頭被栓在窗戶鐵欄、受盡折磨苦難的母驢，變成了那些想度過另一個冬天的老菸槍、癆病鬼們和醉漢的可憐藥房。

37 **Onán**，聖經《創世記》中出現的人物。作者用他比喻是因為「性交中斷」：俄南的兄長死後，猶大按照希伯來的習俗，要俄南與大嫂他瑪同房，生兒子為兄長傳宗接代。俄南知道生下孩子必須過繼給兄長，所以與他瑪性交時，故意性交中斷，開始手淫，最後體外射精。英語「**onanism**」成為手淫及性交中斷的代詞。

120 純潔的夜

繁星如霜、令人愉快的天空下，頂樓天台矮柱的白看起來格外鮮明俐落。凜冽至極的無聲的北風，輕快地愛撫大地。

大家都覺得寒冷，門窗緊閉躲在屋子裡。我們呢，小普，就慢慢走，你穿著你的皮毛和我的毯子，我帶著自己的靈魂，穿過乾淨而寂寞的村莊。

一種內在的力量使我昇華，彷彿將我變成了一座粗石砌成的實體，白銀塔頂伸向自由的天空！你看，這麼多星星！多得令人目眩頭昏。天空就有如孩童的世界，正在為理想的愛情，向大地唸誦光輝奪目的玫瑰經。

小普啊，小普！我願意獻出我整個生命，也希望你亦是如此，奉獻給這孤寂、明亮、寒冷的正月、深邃夜空的純潔。

121 歐芹冠

「來比誰先到那裡！」

獎品是我前一天收到的，從維也納寄來的畫冊。

「看誰第一個到紫羅蘭那裡！……一……二……三！」

在歡快的叫嚷聲中，喧鬧成一陣白色和粉色的女孩們，跑向黃色的太陽。剎那間，在寂靜之中可以聽見，晨光中胸口默默使勁的喘息聲；村莊鐘樓裡的鐘緩緩報時；山丘上有著潺潺溪流；長滿藍色鳶尾花的松林裡，有隻蚊子在細細哼歌。當女孩們跑到了第一棵橙樹邊，小普正好就在那裡悠然閒逛，也被遊戲吸引，加入了她們活潑的競賽。女孩們怕輸了比賽，無暇抗議，就連嘻笑也來不及。

我對她們大喊：「小普要贏了啦！小普要贏了！」

沒錯，小普比誰都先跑到紫羅蘭花叢，接著就待在那裡，並開始在沙地上打起滾來。

女孩們上氣不接下氣，邊拉長襪、攏頭髮，邊提出抗議：

「那不算！那不算啦！不能這樣啊！不算啊！」

我告訴她們，那場比賽是小普贏了，應該要獎勵牠才公平。不過因為小普不會看書，所以這本畫冊就留下來當下次比賽的獎品，但還是要給小普一個獎勵才對。她們知道能留住書了，一張張紅通通的臉又跳又笑地說：「好！好！好呀！」

在那一刻我想到了自己，我覺得小普應該因牠自己的努力而已經得到最大的獎賞了，如同我在寫詩時滿載而歸一樣。於是我從女管家門前的籃子裡拉出一把歐芹，做成一頂花冠，彷彿牠是斯巴達勇士般地把短暫、至高的榮耀戴在牠的頭上。

122 三王節[38]

孩子們今晚可真是興奮得不得了啊，小普！完全沒辦法讓他們上床睡覺。最後他們還是漸漸被睡意征服，一個倒在扶手椅上，一個靠著壁爐坐在地板上，布蘭卡在矮椅子上，貝貝在窗台板，頭還靠在門板上，這樣才不會錯過三王……此刻，就在被生命力包圍的此地深處，有如一顆飽滿而健康的心臟，所有人的奇幻夢想都充滿活力。

晚餐前，我和所有孩子一起上樓。平時夜裡令他們膽怯的樓梯，現在卻熱鬧非凡！

「我不怕這個天窗，貝貝，你怕嗎？」布蘭卡邊說邊握緊我的手。我們把每個人的鞋子都放在陽台上的香櫞之間。小普，現在蒙特馬約、小姑姑、瑪麗亞德雷

38 據聖經記載，耶穌於十二月二十五日夜晚誕生，一月六日有東方三王（**Los Reyes Magos**）來朝拜。三王節是聖誕節系列假期的最後一個節日，對西班牙小孩來說，三王節就是他們的兒童節，是一年中最重要也是最期待的節日。

莎、羅莉雅、貝利哥，還有你和我，要拿被單、床罩、舊帽子去妝扮。十二點一到，我們變完裝的一行人，將會提著燈從孩子們的窗前經過，敲打銅臼，吹響小號和放在最後面房間裡的海螺。我們倆一起走在最前面。我會戴上麻線做的白鬍鬚，扮成加斯帕；你身上要像穿圍裙那樣披上哥倫比亞國旗，就是我從做領事的叔叔家帶回來的那面……孩子們會突然驚醒，驚訝的眼神臉上依然睡意朦朧，會打顫、驚嘆，穿著睡衣一個個靠近玻璃窗探頭探腦。然後，我們會在他們的夢境中繼續遊行到天亮，當明天日上竿頭，藍天的燦爛從百葉窗透進來時，他們會衣衫不整地跑上陽台，變成一切寶藏的主人。

去年我們玩得很盡興。你等一下就會看到今晚我們有多開心了，小普，我的小駱駝！

123 金山

今日改稱蒙都里奧的山，因為那些挖砂人而一天比一天貧瘠的紅色山丘，但是從海上遙望卻好像黃金一樣，所以當時羅馬人才會取了這個響亮又出眾的名字。從蒙都里奧走到風車，比從墳場那條路還要快。那裡到處都是廢墟，挖掘工還曾在那邊的葡萄園裡發現過骨頭、硬幣和陶罐。

我可不覺得哥倫布的事蹟有多有趣，小普。像什麼他曾在我家停留過啦；什麼曾在聖嘉勒教堂領過聖餐，還是當時他種過這棵棕櫚樹、在另個地方留宿……其實也沒什麼好說的，你也知道，他從美洲就只帶回來兩項禮物。我更喜歡我腳下踏著——那已深深扎下猶如牢固的樹根——羅馬人所遺留下來的、他們用來建造城堡的混凝土，是十字鎬、重擊都摧毀不了，連風信鸛都挖不走的牢不可破啊，小普。

我永遠不會忘記——我還很小的時候——當我知道這個名字的那一天：金山。從此蒙都里奧突然在我心中變得崇高。

我回憶裡的故鄉總是舉世無雙，唯美得像是謊言——那原本淒涼貧困的村莊呀！我哪需要憧憬別人的、什麼古蹟，還是教堂或城堡廢墟啦，我黃昏時的幻想都煙消雲散，忽然間我以為我找到了取之不盡寶藏。這就是莫格爾的偽金山，小普；現在你可以繼續快樂地生活和死去了。

124 葡萄酒

小普，我曾告訴過你，莫格爾的靈魂是麵包。才不是呢。莫格爾像是一只厚重的透明水晶杯，全年都在湛藍的天穹下，等待著玉液瓊漿。一到九月，如果魔鬼沒來潑慶典冷水，那麼這只杯子裡的葡萄酒就會一直滿上來到幾乎四處流溢，像一顆慷慨的心。

屆時整個村莊都瀰漫著各種等級的酒香，還有玻璃碰撞的聲響。陽光似乎是為了參與盛會，樂意化身為美麗的液態，在白色小鎮透明的圍牆裡滯留，並為了它豐富的血液而歡欣。

當夕陽撒下餘暉，每條街上的每戶人家，看起來就像是小胡安米格或保皇哥家裡架子上的酒瓶。

我記得透納[39]的畫作《慵懶之泉》，檸檬黃的部分好像是用新酒當顏料畫的。

---

39 Joseph Mallord William Turner（1775~1851），英國浪漫主義風景畫畫家。

莫格爾就是這樣的酒泉，像血液般汩汩不斷往每個傷口奔湧；悲喜交融的泉源，就像四月的太陽，每年的春天都會升起，但每天依舊要落下。

125 寓言

我從很小的時候，小普，就本能地忌憚寓言故事，就像對教堂、國民警衛隊、鬥牛士和手風琴一樣反感。寓言家假藉那些可憐的動物們的嘴胡說八道，就像自然歷史課上的陳列櫃，那臭氣熏天的寂靜令我無比厭惡。在我眼中，這些故事都出自某位得了感冒、聲音沙啞、面色發黃的人，對我來說每字每句都好像玻璃眼珠、鐵絲翅膀、假樹枝。後來，當我在威爾瓦和塞維亞的馬戲團看到訓練有素的動物時，那些早在離開學校時被我遺忘的記憶，像是課綱、獎狀，還有寓言，又重新出在眼前，恍如我青春期一場不愉快的夢魘。

我長大後，小普，有位名叫拉封丹[40]的寓言作家——你也聽我說過一遍又一遍的——他讓我跟那些會說話的動物重歸於好；有時拉封丹的詩詞，會讓我覺得那才是禿鼻鴉、鴿子或山羊真正的心聲。但我總是將寓意略過不讀，那是乾枯的尾巴，

---

40 Jean de La Fontaine（1621~1695），法國詩人、寓言作家，以《拉封丹寓言》留名後世。

是餘燼，是最後掉落的羽毛。

當然嘍，小普，你才不是一般意義上的驢子，更不是西班牙語學院辭典中解釋的那種驢子。你是頭我熟知且了解的驢。只不過你有你自己的語言，跟我的不一樣，就像我不懂玫瑰的花語，玫瑰也不懂夜鶯的鳥語。所以你不用害怕，你也知道我永遠不會在我的書中，把你變成一個喋喋不休的寓言英雄，不會把你的情緒和聲音與狐狸、金翅雀的交織在一起，最後還用斜體字結論出冰冷又空洞的道德諷喻。絕對不會如此，小普……。

126 嘉年華

小普今天可真是俊美！今天是嘉年華的星期一，孩子們紛紛華麗變裝，扮成鬥牛士、小丑和光鮮亮麗的城裡人，還給小普披上一條摩爾式的飾巾，上面繡滿了紅、綠、白、黃色的阿拉伯花紋。

雨水、陽光、寒意。午後颳起的刺骨寒風，使捲曲的彩紙沿著人行道滾動。戴著面具的人簌簌發抖，凍得發青的手能藏哪裡便把哪裡當口袋。

當我們抵達廣場時，一群扮成瘋子的女人——白色長袍，飛揚的黑髮上戴著綠葉編的花冠——把小普拉到她們嬉鬧的圈子中央，手拉著手，圍著牠快樂地旋轉。

小普茫然無措，豎起耳朵，抬著頭，像隻被火圍困的蠍子，倉皇找尋逃竄的出口。但是牠這麼嬌小，那些瘋女人根本不怕牠，繼續圍著牠旋轉、唱歌、嬉笑。孩子們看到牠被俘虜，就學驢叫想逗牠嘶鳴。整個廣場變成了一場了不起的音樂會，有銅管樂器、驢鳴、笑聲、民謠、鈴鼓和銅臼……。

終於，小普像個男子漢般下決心突破重圍，帶著哭聲朝我奔來，華麗的飾巾都掉下去了。牠跟我一樣不想和嘉年華會有任何關係。我們倆對這些東西天生就不在行……。

127 雷昂

我帶著小普慢悠悠地分別走在蒙哈斯廣場的石凳兩邊。幽靜又令人愉快的溫熱二月下午，醫院上方的天空，早早就開始的黃昏，落日的燦金稀釋了紫霞。突然我覺得身後有人，一回頭，我的目光就迎上了這句話：「胡安先生……。」雷昂還拍了我一下……。

是啊，就是雷昂，為了今晚的音樂會他早已盛裝，還噴了香水；他身上帶著方格包，腳穿白色亞麻和黑色漆皮靴子，垂下的綠色絲綢手帕，用手臂夾著一對發亮的銅鈸。他拍了我一下，告訴我上帝賜給每個人各種不同的長處；像我就是在報紙上寫文章……而他呢，天生聽覺靈敏，才能夠……「您也看到啦，胡安先森，銅鈸……最困難的樂器蛤……就只有銅鈸演奏時沒有樂譜……」。如果他想用他靈敏的聽力去惹惱樂團團長莫德斯多，那他就會在樂團正式演出新曲前，先用口哨吹出該旋律來。「您也看到啦……每個人都有自己的長處嘛……您在報紙上寫文章……啊我的力氣比小普還大勒……您摸這邊……」。

他給我看他那又老又稀疏的頭，猶如卡斯提亞高原的頭頂，有塊老掉的乾硬瓜皮似的繭，顯然那是他工作艱苦的印記。

他再拍了我一下，跳了一步，又眨了眨麻子臉上的眼，吹著口哨走了走了，聽上去似乎是某首進行曲吧，絕對是今晚要表演的新曲子。但是他又突然回過頭，遞給我一張名片：

雷昂

莫格爾搬運工首席

128 風車

那個時候的我覺得這個水池真的好大啊，小普，那砂紅色的水輪多麼高聳！後來填滿我夢境的美麗景致，是那片倒映著數棵粗皺松樹的水池嗎？我是在那個陽台上，在如詩的明媚日光下看到了此生最清晰的美景嗎？

是啊，吉普賽女郎還在，對鬥牛的恐懼依舊如故。還有那位形單影隻的男子也還在——是以前那位嗎，還是另一個人——這位醉醺醺的該隱，總是在我們經過時胡言亂語，唯一的獨眼總是望著路，看看有沒有人會來……但馬上又將目光收回……。

能再見到這片荒蕪，可真愉快……你看那些是後來才有的……而這些比以前又更破敗了！

在回到此地之前，小普，我還一直以為印象中的兒時美景，只是我看過的某幅庫爾貝[41]或是柏克林的畫作。我以前一直想將這裡的絢麗，將那秋日夕陽映襯下倒映著松林的透明水池給畫出來。但現在留下的，只有我兒時神奇陽光下，點綴著野芥草的頑強回憶，猶如明亮火焰旁的一張薄棉紙。

41 Gustave Courbet（1819~1877），法國畫家，寫實主義藝術的領導人。

129 鐘樓

不行，你不能上鐘樓，你太大了，除非是吉拉達塔你才上得去。

我多麼希望你也能上鐘樓啊！從時鐘的陽台上，可以看見整個村莊的頂樓，白色的陽台、彩色玻璃頂棚和靛藍色花紋的花盆。然後，從鐘樓南面，就是上次吊上大鐘時碰壞的陽台，可以看見古堡的庭院，迪耶斯摩也看得很清楚，還能看到潮汐中的大海。再往上走，就到了掛鐘的地方，從那裡可以看到四個村莊，開往塞維亞的火車，里歐丁托火車和岩窟聖母教堂。然後再從陽台鐵欄杆探出身體，可以摸得到曾被閃電劈壞的聖女胡安娜像的腳，你的頭還會伸到神龕門外，就在燦金陽光照著的白、藍瓷磚間，讓下方教堂廣場上玩著鬥牛的孩童大吃一驚，接著他們興奮的歡呼尖叫會清晰地飛向你。

唉，你得放棄多少榮耀啊，可憐的小普！你的生活，就像通往老墳場的那條小徑般簡樸！

130 沙子販的驢子

你看吶，小普，奎馬多的驢群；慢吞吞、無精打彩地馱著堆得尖尖的濕潤紅沙，沙袋上還插著用來打牠們的綠色野橄欖枝條，彷彿插在牠們的心臟……。

131
詩

你看牠，小普。牠像馬戲團小馬繞場那樣，已經繞著花園飛了整整三圈，潔白猶如溫柔光海中的粼粼細波，又再度向圍牆拍打了。我似乎能透過石灰白牆看到牠，我猜牠應該在牆另一頭的野玫瑰叢中飛舞。你快看，牠又飛回來了。其實有兩隻蝴蝶，一隻潔白，是牠；另一隻漆黑，是牠的影子。

小普啊，極致的美，就算試圖隱藏也是徒勞。就像你臉上最迷人的就是雙眼；夜空的魔法是星辰；黎明花園最富魅力的就是玫瑰和蝴蝶了。

小普你看，牠飛得多好啊！能這麼飛翔牠一定很愉快吧！就像我覺得，一位真正詩人最大的樂趣就是好詩歌。牠從身體到靈魂，全心全意地沉醉在飛翔，牠可能覺得全世界——或者說這整個花園裡——沒有比飛還要重要的事了吧。

別出聲，小普，你看牠。看牠這樣飛翔，純潔，又無暇，真是享受！

132 死亡

我發現小普攤躺在牠的稻草床上，雙眼無力又悲傷。我到牠身邊，輕撫牠，邊對牠說話，試著讓牠站起來……。

這可憐的驢子，全身猛地抖動起來，一隻前肢仍然跪著……牠站不起來……於是我把牠的前肢平放在地上，溫柔地撫摸著他，把牠的醫生找來。

老達爾朋才看過牠，無牙的大嘴馬上癟了下去，嘴角都拉到了後腦杓，通紅的頭貼到了胸口，像鐘擺般晃動。

「很糟啊，對嗎？」

我也不知道達爾朋回答了什麼……不幸的傢伙快要死了……沒有辦法……會痛……什麼某種毒草根……草叢間的土……。

中午，小普就死了。牠那如棉絮的小肚子腫得像顆球，蒼白、僵硬的四肢指向天空。身上捲曲的毛就像舊洋娃娃被蟲蛀壞的粗麻頭髮，用手一摸就落下，化為塵土飛揚的悲傷……。

132 死亡

圈舍裡一片死寂，有隻美麗的三色蝴蝶翩翩起舞，每次經過小窗透進來的陽光，便會閃爍一絲光亮。

133 懷念

小普，你看著我們，對吧？

那你是否也看到果園水車裡，清澈又冰涼的水安詳含笑；看到辛勤蜜蜂圍繞著綠色和淡紫的迷迭香紛飛；照亮山丘的殘陽把淡紫的花朵染成金黃和玫瑰紅？

小普，你看著我們，對吧？

那你是否也看到洗衣婦的那些疲倦、跛腿、憂鬱的小驢子，爬上古水泉的紅土坡，無窮的純潔將天地融為一片透明的璀璨？

小普，你看著我們，對吧？

那你是否也看到孩子們疾奔在岩薔薇叢間，枝頭上棲滿花朵，像一群輕盈、閒散、灑著胭脂斑點的白蝴蝶？

小普，你看著我們，對吧？

小普，你是不是看著我們？是啊，你看到我了。我覺得我聽到了，是的，沒錯，我聽到在無雲的夕陽下，你溫柔、惹人憐愛的鳴聲，使遍布葡萄園的山谷變得甜美……。

134 木驢

我把可憐的小普的鞍具、轡頭、韁繩架在木製馬鞍架上，整個抬到大穀倉的角落裡，孩子們用不著的搖籃就丟在那裡。穀倉寬敞、安靜、陽光充足。從那裡可以看到整個莫格爾田野：紅色的風車在左邊；前面是隱藏在松林間的蒙特馬約，那裡有間白色的小教堂；教堂後面是松果園；海在西邊，夏季的潮汐高漲、耀眼奪目。

放假時，孩子們會跑到穀倉玩耍，用成堆壞掉的椅子腳拼成車子；把報紙塗成赭紅色搭造戲院；還有教堂、學校……。

有時候，他們會爬上沒有靈魂的木鞍架，不停急促地揮手擺腳，在他們夢想中的草原上奔馳：

「駕，駕，小普！駕，駕，小普！」

135 感傷

今天下午，我和孩子們一起去探望小普的墳墓，就在松果園裡，那棵渾圓又氣勢不凡的松樹下。四月已在周圍潮濕的土地上綴滿碩大的黃百合。

天頂將綠樹冠染上蔚藍，黃雀就在上面鳴唱，細柔的顫音像輕笑，也如花朵綻放，飄盪在下午和煦的金黃色空氣中，好似情竇初開時清新的夢。

快要到目的地時，孩子們逐漸停止叫嚷。他們既安靜又嚴肅，用充滿疑問的晶亮眼睛望著我。

「小普，我的朋友！」我對著地面說：「我能想像你現在一定在天堂的草地上，毛茸茸的背上馱著小天使，說不定你都忘了我。告訴我，小普，你還記得我嗎？」

彷彿是在回答我的問題，有隻突然出現的白色小蝴蝶，飛舞過一朵又一朵的百合花，就像是靈魂……。

136 致在莫格爾天上的小普

可愛、活潑的小普，我親愛的小驢子，多少次你馱著我的靈魂——僅僅我的靈魂——穿過長著仙人掌、錦葵、忍冬花的深徑；我要將這本寫你的書獻給你，現在的你應該能理解了。

它將會去尋找你在天堂吃草的靈魂，沿路經過一定也跟你一起升天的莫格爾山川草木之靈，與你會合；書脊上背負的是我的靈魂——穿過開花的荊棘叢飛向天空，它將會一天比一天更善良、更寧靜，也更純潔。

黃昏時刻，當我沉思著慢慢地走過黃鸝群和橙花叢，穿過那棵孤單的橙樹，來到伴你長眠的松樹前，是啊，小普，我知道快樂倘佯在粉紅色的永恆草原中的你，會看見我駐足在那株綻放自你破碎的心的黃百合叢前。

137 硬紙板做的小普

小普啊，一年前，當我把為了紀念你而寫的這本書的部分內容公諸於世時，有位我們倆共同的朋友送了我這個紙板做的小普。你在那裡能看到嗎？你看喔，它一半灰，一半白，嘴巴黑中帶紅，一雙眼睛極度巨大且極度漆黑；瓦製的馱架上放了六盆粉紅、白、黃的薄棉紙做的花；頭部會擺動；整座放在漆了靛藍色的木板上，還有四個滾起來不靈活的輪子。

每當我想起你時，小普，我就開始越來越喜歡這只玩具小驢。每個走進我書房的人都會笑看著它說「小普」。如果有不知道的人問我那是什麼，我也會回答：「是小普啊。」我太常這麼叫它，感覺都習慣了，以至於現在就算是獨處，我也把它當成你，投以寵愛的眼神。

你？人內心的記憶就是這麼糟！現在在我的眼裡，這個紙板小普比起你還要更小普啊，小普……。

馬德里，一九一五年

138 致在墓地裡的小普

小普，等等啊，我來陪你了。我的光陰不曾繼續，止步於此。你一直活著，跟我在一起……我獨自前來。男孩和女孩都已經成為男人和女人了。流年似水沖刷過我們三個——你懂我在說什麼——但我們還是站在遺跡的砂礫上，還是擁有最好的財富：就是我們的心。

我的心啊！希望我的心能讓他們兩個也得償所願，像我一樣心滿意足。也但願他們想的跟我一樣。可是，算了，他們還是不要去想比較好……這樣他們才不會因為想起了我曾經的罪過、不真實或魯莽而悲傷。

我真的很高興能夠告訴你，這些除了你以外沒有人會知道的事情！我將會仔細安排我的作為，讓現況成為生活常態，將來他們才會回憶；如此，才能讓他們在寧靜的未來，留下如紫羅蘭般大小及色澤的往事，在安謐的陰影中散發出淡淡的芳香。

而你，小普，縱使你隻身留在昔日，但是，對於已經活在永恆中的你，成為過往又有什麼關係呢？像我在這裡，但被你握在手中，猶如黎明的每一個太陽，殷紅得像不朽的上帝的心。

莫格爾，一九一六年

譯後記

《小毛驢與我》是許多西語系國家小學課綱的必讀書之一，也就是說，絕大多數的西語母語者無論有沒有讀過這本書，都一定知道這部作品。原文的句型結構不難，不過生詞很多（電子辭典問世前絕對能讓小學生查辭典查到哭……），質樸的字句很有溫度；透過文字，作者的形象也越加立體起來，可以感受到他情感豐富、細膩（不過可能有點內向），熱愛大自然（花、樹、鳥、蝴蝶都是他朋友，最愛去田野閒晃），更難得的是他對動物非常有同理心（這點在作者的年代，可是非常稀有的品德，畢竟「動物也是生命」是近年來才開始流行起來的）……。

這部作品讀起來就像是作者的日記，想到什麼就說什麼：有時是記錄與小普的對話，語氣隨興、親暱；有時是訴說一段過往、回憶，很有故事性；有時卻是有感而發的抒情，用許多詞彙堆疊出各種比喻及天馬行空的想像；有些章節起承轉合、高潮迭起；有些卻讓人意猶未盡。

作者也在這本作品中道盡了各種平淡日常的酸甜苦辣。就像他在「小序」中所說過的，「這本書不是為了孩子而寫的」，所以他也很坦然、直接地記錄了他遇見的生離死別、看到的人性善惡，「不打算刪除，也不會增添」；不過當他批評不贊同的人、事、物時卻又很隱諱，當然啦，還是能從字裡行間中感受到作者的嘲諷，有些時候都快能聽到一聲不屑的「嘖！」了（「文人殺人不用刀」，古人誠不欺我）。

我最大的難題應該就是決定該用哪種風格翻譯吧，是該偏向文字簡練的散文詩好呢，還是白話些的日記好……內容中大量的隱喻、比喻、詩詞修飾手法，如果太忠於原文，可能難以理解，但又該增添多少呢……。最後我想，無論是用哪種風格，能把作者的意象及核心完整地表達出來才是最重要的吧，引起讀者閱讀時的樂趣，在不同的時空、地點，也能倘佯、沉浸在作者的字句，和他的各種奇思妙想。

願各位喜歡這部作品。

讀書會討論參考題

第一部分

・你最喜歡作者的哪些句子呢？為什麼？那些句子給你什麼樣的感覺？
・哪個人物讓你最印象深刻？為什麼？
・第6章〈上學〉中，作者不讓小普上學的理由充滿幽默感。作者想當小普的老師，他想教小普什麼？你覺得作者的字裡行間有言外之意嗎？
・第17章〈傻子男孩〉道出了殘酷的現實，你覺得本章的結尾還有希望嗎？為什麼？
・在第25章〈春天〉中，作者用了哪些詞句或景象傳達春天的生機勃勃？
・第38章〈麵包〉中，作者在哪一段再次暗示了生活的嚴酷？
・看完第43章〈友誼〉，你認為作者跟小普之間的友誼有何特徵？
・第92章〈書頁上的插畫〉中，作者說：「這個季節讓人審視自己的靈魂，小普」，此章仍是在秋天，你對這句話有何解讀？

第二部分

・你覺得小毛驢主人的心理狀態是幾歲？
・哪個（些）章節讀起來讓你覺得不舒服？為什麼？
・你認同作者說的這段話嗎？「我相信孩子可以讀大人讀的書，除了某些大家可想而知的書例外。」你覺得這本書適合幾歲的人閱讀呢？
・看完本書，請用一個詞來形容小普。請用一種香味來形容莫格爾。請用一種感覺來形容作者。

小毛驢與我

作　　者　胡安·拉蒙·希梅內斯
譯　　者　黃新珍
美術設計　莊謹銘
內頁排版　高巧怡
行銷企劃　蕭浩仰、江紫涓
行銷統籌　駱漢琦
業務發行　邱紹溢
營運顧問　郭其彬
特約編輯　許嘉諾
責任編輯　吳佳珍
總 編 輯　李亞南
出　　版　漫遊者文化事業股份有限公司
地　　址　台北市大同區重慶北路二段88號2樓之6
電　　話　(02) 2715-2022
傳　　真　(02) 2715-2021
服務信箱　service@azothbooks.com
網路書店　www.azothbooks.com
臉　　書　www.facebook.com/azothbooks.read
發　　行　大雁出版基地
電　　話　(02) 89131005
傳　　真　(02) 89131056
地　　址　新北市新店區北新路三段207-3號5樓
劃撥帳號　50022001
戶　　名　漫遊者文化事業股份有限公司
初版一刷　2023年9月
初版二刷 (1)　2023年12月
定　　價　新台幣350元

ISBN　978-986-489-854-1

國家圖書館出版品預行編目 (CIP) 資料

小毛驢與我/胡安 · 拉蒙 · 希梅內斯
(Juan Ramón Jiménez) 著 ; 黃新珍譯. -- 初版. -- 臺北市 : 漫遊者文化事業股份有限公司, 2023.9
256 面 ; 14.8×21 公分
ISBN 978-986-489-854-1(平裝)

878.6　　112014577

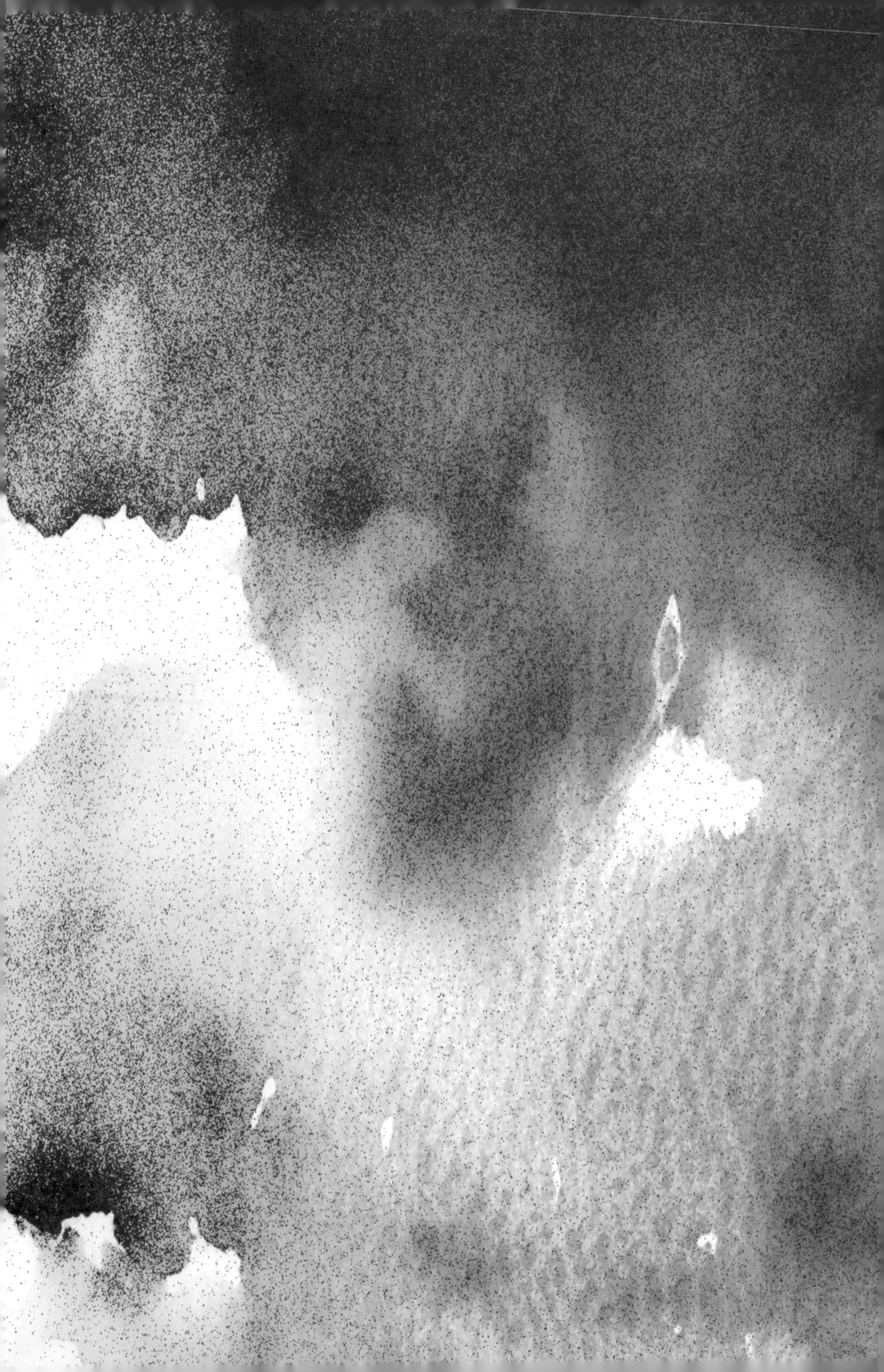